凡 例

一、本书收录了作者的经典短篇小说，主要展现了作者的思想情感、审美取向与价值观念，以及当时的时代风貌等。

二、将作品改为简体横排，以适应当代的阅读习惯。原文存在标点不明、段落不分等不便于阅读之处，编者酌情予以调整。

三、作品尽量依照原作，以保持原作风格及其时代韵味，同时根据需要，对原文进行了适当的删减和订正。

四、对有些当时惯用的文字，如“的”“地”“得”“作”“做”“哪”“那”“化钱”“记帐”等，仍多遵照旧用。

图书在版编目（CIP）数据

怂恿 / 彭家煌著. -- 济南 : 泰山出版社，2024.
9. --（中国近现代名家短篇小说精选）. -- ISBN 978
-7-5519-0879-5

Ⅰ. I246.7

中国国家版本馆CIP数据核字第2024RE4365号

SONGYONG

怂恿

责任编辑 池 骋
装帧设计 路渊源

出版发行 泰山出版社
社 址 济南市泺源大街2号 邮编 250014
电 话 综 合 部（0531）82023579 82022566
出版业务部（0531）82025510 82020455
网 址 www.tscbs.com
电子信箱 tscbs@sohu.com
印 刷 山东通达印刷有限公司
成品尺寸 140 mm × 210 mm 32开
印 张 6.375
字 数 130千字
版 次 2024年11月第1版
印 次 2024年11月第1次印刷
标准书号 ISBN 978-7-5519-0879-5
定 价 32.00元

怂　恿

彭家煌　著

泰山出版社·济南·

目　录

怂恿

一

端阳节前半个月的一晚，裕丰的老板冯郁益跟店倌禧宝在店里对坐呷酒。

“郁益爹，旁大说：下仓坡东边政屏家有对肉猪，每只有百三十来往斤，我想明日去看看；端阳快了，肉是一定比客年消得多，十六七只猪怕还不肯。”禧宝抿了一口堆花（酒），在账台上抓了一把小花片（糖），向老板告了奋勇后，两只小花片接连飞进了口。

“嗯，你去看看，中意，就买来；把价钱讲好，留在那儿多喂几天更好，这里猪楼太小，难寻猪菜。”郁益安闲的说，忽然想起旧事，又懒洋洋的关照着：“你去了第一要过细些，莫手续不清，明日又来唱枷绊，翻门坎。他屋里的牛七是顶无聊的家伙，随是什么，爱寻缝眼的。”

“那怕什么，凡事离不了一个理，不违理，就是牛八雅奈我不何！”禧宝满不在乎。

牛七是溪镇团转七八里有数的人物：哥哥四爷会八股，在清朝算得个半边“举人”，虽说秀才落第，那是祖上坟脉所出，并不关学问的事，只是老没碰得年头好，在家教十把个学生子的《幼学》《三字经》，有空雅爱管点闲事；老弟毕过京师大学的业，亲朋戚友家与乎宗祠家庙里，还挂起他的“举人”匾；侄儿出东洋；儿女们读洋书的，不瞒人，硬有一大串。这些都是牛七毕生的荣幸，况且箩筐大的字，他认识了好几担，光绪年间又花钱到手个“贡士”，府上又有钱，乡下人谁赶得上他伟大！他不屑靠“贡士”在外赚衣食，只努力在乡下经营：打官司喽，跟人抬杠喽，称长鼻子喽，闹得呵喝西天，名闻四海。他雅喂过蚕，熬过酒，俱都是冒得一眼经验，凭着一鼓蛮劲去乱搞，每年总是亏大本，没得“打官司”，“抬杠”那样的成绩好。他的身胚很高大，大肚皮水牛一般的，在文质彬彬的兄弟里，他真是走了种的蛮。他的排行是第七，人们便派他一个“牛七”。他胆量很大，又学会了刀、叉、拳、棍武艺，黑夜里听见屋前后有响动，一个人敢拿短棍入山赶强盗。有一年清乡委员下了乡，还几乎挨了他的做。横冲直撞，那里找得到对手；牛眼睛钉住了谁，谁就得小心些；若不幸闯在他手里，就同黏了油漆样，弄不清爽。他那黑漆的脸又油晃晃的，顾名思义，雅有尊他“油漆”的。但“油”与“牛”，厉害很悬殊，因而尊他“牛七”的毕竟占了势力。

禧宝洋腔海白惯了，生意经他知道点巧妙，是非场里可没得他的份。他相信老板郁益的大哥原拔抵得牛七的四爷；二哥雪河而且是牛七顶怕的，而且他家里雅有人挂过“举人”匾；尤其雪河为人刚直，发起脾气来，连年尊派大的活祖宗雅骂的。有一年牛七冲撞了他，托族叔枚五老倌到裕丰放鞭爆赔礼，雪河叫细人子把鞭爆踏灭，跳起脚，拍桌子骂：“枚五爷，你书由屁眼里读进去的啊？这事由你放鞭爆就了啦吗？好不粪涨！”枚五老倌给侄孙骂了一顿，垂头丧气，出门投族人，要开祠堂门整顿家规，但是，窄的，蛆婆子拱磨子不起，还是由牛七亲自送礼赔罪了事。雪河在省里教过多年洋学堂的书，县里是跑茅厕一样，见官从来不下跪的，而且在堂上说上几句话，可使县太爷拍戒方，吓得对方的绅士先生体面人跪得出汗，他还怕谁！这在溪镇的妇孺都知道，背地称他雪豹子。牛七只蛮在乡下碌的人，撞了他，不是小蛾子扑灯火！裕丰有这样的声势，禧宝那有“牛七”在眼里。

翌日早餐后，禧宝换了件白褂，赤脚上加了一双袜，扣在裤腰带上的牛骨头烟盒子也取下装一满盒条丝烟，找了一把黑摺扇往脖子上的衣里一插，捎着洋伞，出门邀旁大到下仓坡买猪去。

下仓坡是述芳政屏两兄弟的产业。他俚（他们）保管不住，不能不找主儿。牛七是他俚的从堂兄弟，本有承受的优先权，但他那几年事事不顺手，于是述芳将下仓坡的西边，连屋带田卖了一半给裕丰，现在归原拔经理着。卖祖产，就是卖祖宗，这在溪镇人认为是奇耻。牛七瞧着述芳兄弟许多人拖拖踏踏挤在下仓坡东边住着，对东边的祖产真有丧了考妣一般的悲哀。

“你屋里搞成了这个样子，以后真不好办！蛮好的祖产，轻松的送掉，真碰得鬼，我看你，述芳！你想想，当年骅四公创业如何的艰难苦楚，到了你们手里，就风吹落叶样凋零下来，再空两年，怕连东边也靠不住。将来我看你迁都迁到哪里去？”牛七这样说，述芳雅不愿将一口闷气从屁眼里撒出去，仗着牛七和政屏二娘子的娘家那一霸人物为后盾，于是信了牛七的主张，在卖给裕丰的一丘田的那一头耕种起来，原拔质问所得的回答是："妈妈的，我耕我的田，碍着谁的祖坟啊？"裕丰的雪豹子知道了，拍桌子骂牛七。因为原拔自从搬到下仓坡，家里常常闹鬼，黑夜里有石子飞进窗，裕丰就闹贼，这是牛七的鬼，雪河早就有耳闻，于是他派人警告述芳。述芳蛮不讲理，到许起七日七夜的朝天忏，说裕丰欺他，人不知道天知道。族长贡老爹知道什么葫芦装什么药，牛同豹子会有一架打，于是邀人出来和，哼，白忙了几天，贡老爹缩了颈根，其余没面子的白菜鬼谁来管这闲事！于是雪河在县里告了一状。述芳没料到要见官，逃了。雪河又一禀帖，加了述芳个"恃势凌人，畏亏逃审"的大罪，在县署请动了四差八票下了乡，寻到盂兰会上，将述芳抓了去。祸是牛七闯出来的，就是千斤的磨子，不能不硬着背，只得联合劣绅，上堂抗辩。雪河斩钉截铁的几句话，县官就戒方一拍，牛七随着"跪下"的命令，伏在地下，半句屁都不敢放。那场官司，牛七掉了"贡士"，述芳挨了四百屁股，还坐了一个多月的牢，赦出来后，就一病登了鬼籍。这是牛七一世不会忘记的，而禧宝却忘记了，即令禧宝不忘记，但是裕丰这样的胜利，恐怕更使他没有"牛七"在眼里，况且他是跟政屏买猪，这关牛七的鸟事？

二

买猪，禧宝是老手，政屏自然弄不过他。譬如人家一注牛头对马尾的生意，没得不服服贴贴成功的。好比一楼猪，他只在楼边吼几声，挥几鞭，那些货就从他那猪腰子眼睛里刻定了身价：大肚皮的那只分量多少；白颈根的油头如何；黑尾巴的吃路太差；那怕那些货喂过隔夜粮，又磅过斤两，雅逃不过他的神谋圣算。他人和气倒还在次，唯一他那嘴啊，随便放句什么屁，都像麻辣子鸡样塞在人家口里，又厉害，又讨人欢喜。平常倒是跟政屏还讲得来。他一进政屏的门，就搬出他那生意场中的口白：

“嘿，政二哥，发财发财。一向不见啦，两公婆都好吧？”

“好，好，你自己好！”

“这晌如何不到店里来？舍不得二嫂吧？哈哈哈！店里正熬酒呢，你来，我准为四两堆花的东。”禧宝嬉皮笑脸的说，伸出四个指头在政屏前打了个照面。

“有酒呷，好的！明后天许来秤肉。”政屏很欢喜。

“今年府上喂些什么宝喽？我看看去。”禧宝说着，政屏领他进去看猪。

“卖吧，这对货？”禧宝在楼边吼几声，拍几下，试探着问。

“节边子来了，卖是要卖的，但是有好多人来看过，都是价钱讲不好，吴桂和出了五十块，中费归他出，我没答应，至少要五十五六。”政屏表示卖意，顺势吹了几口牛皮。

“政二哥真厉害，这对货四十块卖得掉算气运，你还想五十五六，做梦喽！”禧宝用先声夺人的语句，直往“五十五六”上压。

“五十六末，雅要看什么货啊！”旁大凑着说，“到火房里来谈吧？”于是三人走进火房。

牛七的野猫脚是常在政屏家走动的。他自从跟豹子交过手，掉了“贡士”后，他到政屏家，最爱走后门；那里有茂林修竹，是僻静的地方。这天，他走进政屏的后门，听见火房里有禧宝的声音，他怔了一怔，点点头，悄悄地踱到窗外去窥听。“禧宝之来是什么坏勾当，政屏不经他的同意，擅自跟这坏蹄子干什么！”他急切要探出个实在。他由窗纸破处瞧见政屏在桌上拐着水烟袋，取了插在炉边的火筷，箝着火炭，又将火筷夹入拿烟袋的手指缝里，腾出右手来擦一擦烟袋嘴，才伸出指头到烟筒里去掏烟。烟筒是空的，即刻就起身，于是牛七的头避开了。

“不必去拿了，我自己有烟。”这是禧宝的声音，这声音又将牛七的头引回来。禧宝双手接着政屏的烟筒和火筷，取下裤腰带上的烟盒，上了烟，引火抽着。政屏睁眼凝视空中缭绕的烟，有时还钉住地上的烟屁股。牛七板起油漆的脸，眉毛皱着，似乎有谁欠了他的钱不还的神情，“若是政屏还暗中呼吸禧宝那腐尸喷出来的臭烟味，那真是下流透了顶。可恨二娘子还泡了茶一杯杯分递，禧宝配接她的茶吗？”牛七似乎有些看不上眼，心里在咒骂。

一刻子，政屏竟公然抽起禧宝的条丝烟来了。条丝烟，在政屏家是稀罕的宝贝。他生怕辜负黄生生的烟，抽出半年难洗一次的烟斗，用小棍子通了几通，将周围凝结的黑黄色胶汁往自己的赤脚上一揩，随即装烟抽着，一口长气，连两颔都吸进去半寸深，烟如进了坛，没一点糟蹋的，过足了瘾才递给旁大。“禧宝的和气，堆花，条丝烟”连连的在他的心里打转，楼里的那对货，无形中已轻轻的减了价，如果禧宝诚心买的话。然而在窗外牛七的脑里，却是“政屏那一世没吸过丝烟的丑态”。“禧宝那鬼脸，那刁滑，那可恶的语调，总而言之，处处讨嫌得要死。”“裕丰那么兴盛，他妈的禧宝还孝顺他，猪卖给他真是十倍的价钱才行。”

“这对货是真的要卖吗？如果真的要卖，那我真不敢向你开口。政二哥，我买，你总让点，再开个实在价吧！”禧宝正式开口了。

“怎么不卖！你不是别人，让是要让一点的，只是……”政屏在桌上摸了一个算盘，在算盘的横木上扒了一颗子，又在横木下偏右的一行扒了一个“二”，交把旁大，一面将口里含着的“不到这里不成”吐出来，旁大看了，递给禧宝。

“什么，政二哥雅真是……，还是这个价钱，那有什么讲头，就是过秤，雅跟价钱差得太远啦。那只大的连毛不过一百二十四五斤！”禧宝说着，掉转头。正伸长脖子在窥听的牛七的头，于是猛然的又缩了。

“两边都吃点亏吧！”旁大擅自在算盘上扒了一个“四”，一个“二”，给禧宝看，禧宝接连说了几个“这不行”，可是算盘已到了政屏的跟前。政屏罗唣了半天，才在算盘上扒了个“四”，扒了个“八”，几个“再少就吹了”连翻套似的出了他的口，算盘同时又到了禧宝的跟前。这样的来回三四次，结果是禧宝袖子一勒，坐了个骑马装，一手叉腰，一手劈空气，用劲的说：

“当面的锣，对面的鼓，我俚打开窗户说亮话，政二哥，你是三两块钱不在乎，我出价雅实在不算少。一句话，买卖成不成在你，四——十——五——块——钱。你愿意，我俚就空几天来赶猪，不愿意，我俚就对不起，在府上打扰太久——啦——”禧宝本没讲完，眼钉着政屏，站起来，口仍然张着探形势，等回话。旁大雅起身，装出要走的神气。形势很严重，政屏似乎已屈服，很为难的苦笑着说：

“这样，我就太吃亏了。你们真厉害！”

“好啦，好啦，话就讲到这里止，政二哥，过几天来赶猪就是。恭喜恭喜，两边如意，我俚走了吧！”旁大两边作揖，政屏起身预备送客，窗外的那位客，咬紧牙关，一溜烟的早两步走了。

五天后，禧宝到政屏家赶猪，政屏不在家，关照了二娘子说过几天送猪钱来，随即将猪赶走，又空两天，那猪肉已装进了人们的肚皮。

三

为着这事，一天，牛七起了个绝早，跑到政屏家，在猪楼边张望了一下。

“为什么这样早，七哥？”政屏有点惊异。

“不为什么。……你喂的猪卖啦？”

“呃，禧宝买去了。”

“啊，禧宝买去啦！多少钱？”

“四十五块钱。”

“啊，四十五？只卖四十五啊！钱付清了吗？不卖把张三，不卖把李四，单单卖把禧宝！禧宝的钱好些？……你卖把范泰和何如？他会少给你的钱？”

“禧宝同旁大来，讲了半天，不好意思不卖把他，我原是不大愿意。赶猪的那天我雅没在家，听说猪赶去不久就杀了，钱是一个还没到手。”政屏为积威之所怯，见牛七问得奇怪，敷衍着说。

“既然你不愿意，他俚如何趁你不在家就把猪赶去杀了呢？钱还一个都没有到手，有这样强梁！当初你如何跟他讲的？”牛七假意的盘问。

“那天，我逼住了，他俚只肯出四十五，我说这样我就太吃亏了，后来雅没说不肯。旁大就两边拱手道喜，说空几天来赶猪，随即就走了。”

“那就有大戏唱啦！这件事你硬可以讲没答应他俚。人不在家，胆敢把猪赶去杀了就是，把你当什么东西！事情没得这样痛快！生米煮成熟饭啦！政屏，禧宝送猪钱来的时候，难为他一下，硬要活猪还原，随他是多少钱不要答应。政屏，这是个顶好的岔子！我看裕丰有好厉害，娘卖的！”

“看着，今天初六，明天初七，……端阳快了，现在还不到手钱……七哥，裕丰不裕丰，猪是禧宝买去的，如何好奈何裕丰！况且从前吃过裕丰一回亏，现在何必……”

“裕丰怎么样，禧宝怎么样。禧宝买就是裕丰买，你当禧宝是好东西，他专会钻裕丰的狗洞，不管他是谁，我都要请他结结实实上老子一回当。娘卖的！从前的事，不必讲得，鸭婆子进秧田，来往有数，于今送肉上钉板，还不砍他个稀烂？政屏，你不听雅随你的便，以后，你屋里的事就不必来问我啦，”牛七跟政屏赌气，“你屋里的事。”就是政屏每年少饭谷，少不得拿钱到牛七家去籴，政屏那敢开罪他！

“不是这样讲，七哥，我单怕是脚伸出去收不回，又是一跤绊倒山脚下爬不起。七哥既肯替我出主意，我还有个不好的？”

“那么，这样，政屏，我是无论什么事，没得不卫护你的。禧宝送猪钱来的时候，你硬说从前没答应卖猪给他。不管三七二十一，死人要活猪还原。没得活猪还原，跟他拚了。隔壁原拔伢子同裕丰是一家，叫二娘子死到他家里去。”牛七刚断的替政屏出了个好主意，又睁着眼睛凑近政屏的耳边。“原拔伢子不到这边来的吧？”政屏答声“不来的，从来不来的”，于是牛七放胆的解释那主意的内容：“政屏，‘要活猪还原’，这不过是一句话，‘要二娘子去死’，雅不过是小题大作，装装样子。我的意思是跟他俚闹翻了，二娘子，就悄悄的到隔壁去上吊。你们即刻在外头喊‘寻人’，并且警告原拔；事情是为他俚起的，他俚当然会寻人。人既然在他家里，他自然要负责。你屋里有我作主，你就赶快把信二娘子的娘家蒋家村，叫几十个打手上他俚的门，只要一声喊，就够把原拔、裕丰吓倒的。将来人是好生生的，就敲点钱算了。如果人真的死了，那就更好办！”牛七说到这里，顿住了，在腿上拍了一下。“政屏，裕丰有的是田庄屋宇，哼哼，叫他俚领教领教我七爹的厉害！”牛七抿着嘴，保持着盛气，腿上又踹了一下。“雪河伢子在省里，三五天之内，料雅没得谁敢跟我作对。”牛七依然是抿着嘴，板起脸，牛眼睛睁得酒杯一样大，在室内横扫；政屏只有“是”的应声。只是这主意决定了以后，二娘子关着房门痛哭了一场。

四

“嘿，政二哥，老等你来拿钱，牌子真大，一定要人送上门！”禧宝一进门就搬出他那油滑的老调。政屏装做没看见，低了头，板起面孔，预备发作，半天才心一横的答：

“什么话，我并没答应卖猪把你，请你仍然赶回来。”

“猪早就杀了，今天送钱来。你要仍然赶回来，你到那些人的肚子里要去。”

“啊，杀啦？不同我商量好就赶去杀啦？不行，我要活猪还原。”

“要活猪还原？有的是，政二哥，这晌买进来不少啦，嘿嘿嘿，你要那一只就那一只，加倍赔你的钱雅行。”禧宝仍然嬉皮笑脸的跟他缠。

“放你娘的屁，你跟你爷老子弄幌子，狗入的，没得活猪还原没得好收场。放仔细些，我告你。”政屏鼓着勇气说完几句破脸的话，几步冲到妻子房里不见面。

“哎呀，政二哥动气啦！这何必呢？无缘无故的，这何必呢？”禧宝朝着墙壁说，事情僵了，只得退出来跟原拔商量。原拔走出来想大公无私的来调和，在大厅上见了政屏，正待开口，突如其来的给政屏臭骂一顿。原拔回了几句，政屏就纵步跳上前，一手拐住他的辫，一手撩着他的阴。禧宝那张空嘴没用场啦，站在旁边只发颤。文绉绉的原拔无可奈何的嚷出几声“救命”。幸而他的崽甫松来得快，甫松是开豁了两下子的，三两个笨汉不会拢他的身。他只在政屏的太阳穴上轻轻的一按，政屏全身软了，甫松又一掌刷去，政屏一鹞子翻身倒在天井里。二娘子听了信，赶来帮忙，给原拔家的长工盛大汉一把搂住，正合其式，她那肉包子似的乳峰，贴胸的粘在老盛的怀里。她那又肥又嫩的水豆腐一般的身体，还给这久旷的鳏夫上了一把暗劲儿。原拔这边人占了优胜，即刻退进房，关上门让政屏在厅上一跳八丈高的骂，让他的堂客蓬头散发，哭哭咧咧，直朝窗本上砸脑床，额上竟自挂着鲜红的彩。

牛七编的剧，第一出刚闭幕，第二出拿手的又人不知鬼不觉的开始了。常人的口白，“出嫁从夫”，这是天经地义。二娘子虽是响屁都不敢放的贤德女子，标致堂客，本来犯不上做一对死猪的殉殡，但是这幕剧的花旦只有她一个，为着要圆牛七和她丈夫的台，而且可趁此机会以公济私的出出被搂抱的气，她不出马，还有谁告奋勇！因此，在原拔家正午餐时，她援进他家的窗。她单单溜进老盛的房里，在床湾里上了吊。

五

牛七自从替政屏决定了大政方针后，天天只等禧宝送猪钱来，这天，政屏喘吁吁的走进来，他知道是喜信到了。

“有什么事？有什么事？政屏，禧宝来了吗？”牛七奔上前问。

“来了，来了，我跟原拔打了一架，二娘子已经上了吊。”政屏急促的凄然的说，几乎要流泪。

“那么，这样……我俚就去，四哥，我俚一同去！二娘子的娘家报了信吗？”牛七三脚两步的奔着，一壁问。

“去是去了，但是这件事情如何好收场呢，唉！”政屏依旧是很凄然。

“有什么收不了场，这样好的岔子，难道还给别人占了上风去！政屏，你真是多心！”牛七有点不咸服，但是事情闹大了，如果二娘子果然有差错，说不定惹起雪河豹子的威，他不能全不顾虑，于是他凑近四爷问：“四哥，你看要如何才稳当，这件事？”

“我看，这件事我俚只能暗中出主意，出头闹是要靠政屏和二娘子的娘家的。还是等蒋家村来了人再说吧！不过这苦肉计，我是不大赞成，如果二娘子有个什么，就是裕丰倾了家，政屏有什么了不得的乐趣！你……”四爷镇静的低声的说，责备牛七，眼睛防备着政屏，怕他听见。牛七皱眉无语。不久，到了下仓坡的竹山，走进了政屏的后门，在蒋家村没来人以前，·切都照牛七原来的计划。

“二娘子不见啦，寻人啊！”“啊呀，二娘子好好的，为什么不见啦！”“如果有什么不吉利，和原拔家脱不了枷绊，事情是由他家里起的。”政屏家人来来往往将这套成语送到原拔家人的耳边，原拔家人喷出口里的饭，丢下筷子，纷做一团去寻人。盛大汉是顶关心的，走到卧室取围腰布，预备去寻找；忽然他狂奔出来：“不得了，吓死人，吊在我的床架上啦。”

“快点，快点，把她解下来摊在床上。”原拔镇静的发号令，于是大家拥进去，七手八脚把二娘子抬到盛大汉的床上。二娘子的身段颇柔软，脸上依然有几分美丽的桃花色。原拔用手指在她的鼻孔前探探，点了一点头：“嗯，不碍事，不过暂时晕去了。”他想，即刻派人到裕丰取高丽参，西洋参，闻鼻散，顺便要老弟郁益着人找堂侄日年来。原拔娘子用湿手巾将二娘子脸上的凝血揩去，又摸摸她的身体。“身上还有热气，救总有救的。高丽参不知什么时候才能到呢？这真是天大的祸，唉！二娘子，你平常对我俚雅蛮好的啊！为什么心一横，命都不要啊？”她几乎掉下泪来。擦凝血，是受了原拔的指使，因为那凝血很可助牛七、政屏的威，虽则是二娘子自己流的。

政屏过来瞧了一瞧，冲进冲出的很气愤，口里嚷着：“遭人命，还了得！”他的带着胜利的威武，很使原拔家的孩子们有些恐惧，因为孩子们雅有看过“遭人命”的。

裕丰在溪镇可算是众望所归的人家，四娘姐为人很慈蔼，最爱周济穷苦人，治家又严肃，儿子原拔、郁益又能安分守己，满意中过举，在外面很挣气，雪河又爱急公好义；家里无论什么事，有的是帮忙的，虽则说人们爱钻狗洞，雅不能说绝无感恩图报的。乱干一百几的小通州得了信，雅赶到下仓坡。他在二娘子的身上摸了一摸，说好救，不过要赶快。他没进过乡立的小学，当然不知道科学的人工呼吸法，但他主张通通气，那通气的方法是：一面吹屁眼，一面吮嘴唇，这是他发明的。淹得半死的螃蟹的毛牙子就照他这法子治好的。原拔虽明知不必通气，但他是最谨慎的，又不便辜负小通州的热心，就让他去包治。

这办法决定了后，原拔的家眷躲开了，二娘子的阴魂回来了，脸上红一阵白一阵堆了变幻的彩云。不久小通州拿了吹火筒来，关了房门。

“死在你的床上啦，你不能只在旁边看。我在这头吹，你在那头吮，这算便宜了你，何如？”小通州笑对盛大汉说。

盛大汉只是笑，小通州找不到帮手，迟疑着，对于手里的吹火筒没法办交代，对于吹女人的屁眼免不了有点含羞；一直等盛大汉口里唱出一声“好的”，这才回复了高兴。本来二娘子虽是乡村的姑子，然而白胖带嫩的小胚子，很有点曲线美，礼教森严的溪镇谁敢对她问什么鼎，虽然这是严重的时候，他俚仍是观望着。最后是小通州先告奋勇，吹火筒在地上一蹬的说：

“老盛，这是要救命，管不了那些，动手吧，来!”

盛大汉走拢来，他俩颤着手去解二娘子的裤子，窗外面的孩子们鬼鬼祟祟的徘徊着，发出嗤嗤的笑声。那援着窗户想偷看的，冷不防挨了甫森的“耳巴子”，哇哇的哭。真个，二娘子死了，不知道羞耻，即令没死，想顾羞耻，要奋勇的爬起来，但是这人命案可就功亏一篑了。恐怕这两个莽汉有进一步的举动，为着要贯彻牛七和她丈夫的主张，她雅只有忍着点吧。小通州素来是帮裕丰的，平常雅遭过牛七的铁蹄，二娘子并不在乎通气，他非不知道，但这是借题发挥的好机会，对于桀傲不驯的家伙，只有用通气的方法去治疗。他的吹火筒已经瞄准了，嘻嘻哈哈的送着气，吹了几口又喷了几口唾沫。盛大汉却是甜津津的在二娘子的樱桃口上用尽平生的气力来吸吮。如果吸不转气来，他愿意自己也断了气的。那时二娘子的全身震战得很厉害，痉挛般在抽引，那种味况，恐是她前生所梦想不到的，在牛七、政屏心里，怕雅是梦想不到的。通气，通了十多分钟，盛大汉还想通着，又通了几分钟，盛大汉开起玩笑来：“小通州，我吹着，你吸着，不一样吗？”小通州骂了一声“放屁”，即刻他找了一皮鸡毛在二娘子的鼻前试了一试，鸡毛前后摇动着，这可证明大功已告成，无须再通了，于是他俚才收手，一切恢复了原状。原拔家人得了这喜信，视若无事的笑着，又聚在二娘子身边。

“原拔爹，人是很稳当的，没事着急得，你府上每年闹鬼，以后如果再有这样的事，我还有更好的办法来包治，我预定了这笔买卖。哈哈哈！”小通州当众表功，原拔又笑又气。

六

牛七在政屏家干着急。二娘子虽是上了吊，而政屏一个人闹不起劲，所听到的只有“二娘子脸上通红的，鼻孔里有气流出入”的噩耗，“二娘子被通了气”的消息，也微有所闻，不过不曾证实，他真气得热血倒流，在室内住，直到两点钟后，才见到四五个穿长衫马褂的和两个戴大眼镜杖着旱烟袋的白胡子老倌，带着五六十短衣赤足的大汉浩浩荡荡的拥进下仓坡的大门。牛七的精神奋发起来，春风满面的接待那些蒋家村的绅士，并且请他俚号令带来的那些汉子，四散在原拔家。他跟他俚画蛇添足的谈了一阵，把担负这次事变的重任，堆在他俚的肩上：

“二娘子自从上了政屏的门，两年啦，周围邻舍，没一个不讲她贤慧。政屏对她，重话都没讲过。本来喽，她自己这样在行，谁敢讲她半个‘坏’字。这回为啦受了裕丰的欺侮，不明不白的死在隔壁，谁不瞧得气愤，寒家就是死截人毛种，雅要跟他俚拚一下子的。只是讲到来龙去脉，人总是蒋府上的人。”牛七眼睛周围巡视探形势，“请位老爷是平常接都不到的，今天既是看得起政屏，都发了大驾，那末，政屏吃了亏，雅就不是蒋府上各位老爷的光彩。嗐，嗐，嗐，诸位老爷看对不对。”牛七眼睁着仍在巡视，他效了秦庭之哭，自然得到那些绅士的“是，是，是”，于是他胆壮了，即刻吩咐着政屏：

“政屏，你关照蒋府上的人一声，只管放威武些，这是人命案，不要太便宜了裕丰。硬要在这回把他家里洗成流水坑，想什么就要什么，不好生办出来，就把原拔家毁啦！再讲，这是人命案。”牛七越说越声音大，“闹出了祸，诸位老爹跟我七爷担当就是。我七爷不信邪，就是碰得恶老虫雅要咬它一口。”他一手斫空气的喊，捏着拳头拍胸脯，头向侧面一摆，大有“不可一世”之概。

政屏应着，带啦白胡子老倌们到原拔家去查看个实在。

预备来大显身手的这群莽汉，本闷得发晕，忽然得了政屏的暗示，于是原拔家的桌椅跳舞起来，杯盘碗筷，响声杂作，同时还有许多人叫嚣着助兴："把谷仓打开。""把大门取下来当柴烧。""把家里的祖坟掘了，妈的。""……"真是天都闹转了。

但天崩地裂的声音，骤给一位来客镇住了。那来客在人丛里挤进去，这群纠纠的汉子竟先让出一条路来，痴痴的站着看。那来客的魁梧，红脸盘，服装的完美，到处显出"了不得"。他虽是戴着眼镜，但似乎不大看见下仓坡有这许多英雄在耀武，只低着头，谁都不理，一直冲到原拔的卧室。原拔家人互相传语，脸上浮出喜色，好像得了救星，吓散了的灵魂又归回了。"这不是裕丰的豹子，就是举人，总而言之，至少是裕丰请来的大好老。"蒋家村的人这样猜着，没得从前那样放肆了。

牛七听说原拔家来了一位红脸汉，知道是日年，他当着许多人臭骂：

"哼，他来了怎么样，日年，我还不清楚，裕丰隔房的穷孙子。他伯伯打流，偷人家的家伙，当众丢过丑。全屋都是跛脚瞎眼的，娘偷和尚还说不定，读了这些年载的书，还是个桐油罐，破夜壶，猫屁不通的红漆臭马桶！这没出息的杂种，我料他跳起脚雅屙不出三尺高的尿。政屏，你去看看，他如果不安分，叫些人结结实实的排他一顿。”牛七跳起来咒，口里的唾沫飞上了政屏的脸。他骂，是会骂，能不能“排”，却没有他的责任。

政屏跑到原拔家，日年正跟蒋家村的绅士开谈判，其余的挤在后面，集中视线，注意日年的议论。政屏知道形势不对，日年果然有些不安分，可是牛七要他排日年一顿的话，竟无从入手。

日年起首对蒋家村的绅士们道歉，借他侄的力量镇住可怕的暴动，随又质问他俚带那么多人来的用意，语意中带有“趁火打劫”的讽刺，又请禧宝、政屏等当事人将事实辩明，那时旁大进省去了，由禧宝、政屏据实报告，辩正。日年再逐项简洁中肯的解释：什么“买卖手续不清的责任”喽，“禧宝、原拔、裕丰界限很分明，陷害原拔近于可笑”喽，“二娘子自杀嫁祸的无聊”喽，这许多富于理性的事实，竟封住了那些绅士们的嘴。他俚无从抗辩，悄然的先后散去了。然而坐镇东边的牛七却坚持着，大概裕丰不洗成流水坑，他不便就收场。

二娘子躺在床上有呼吸，有热度，脸上红艳艳的，只是口眼紧关的。原拔家人寸步不离的谨防着。胆小的原拔娘子那时雅安闲的说她那老鸡婆孵鸡蛋的要事，孩子们聚在一块抛石子，小通州时时“可怜啦，我的二娘子死得真惨啦！”假哭着凑趣，有时也来几句“死得够了吧？”的俏皮话。真个，他俚看二娘子死到几时，大有任其自然之势。二娘子脸上硬露出死得不耐烦的神情，大概她死了这么大半天，不免有些肚饿和尿胀！

这样的情景，谁敢闹人命案，掀天的波浪，竟平静下去，这是牛七意料不到的，半夜三更，不很相干的，谁肯陪着他丧气，蒋家村的不消说，牛七的四爷，雅只顾他自己干净，走了，只剩得牛七在东边屋里对政屏发脾气：

“你们真无用，以后看还找得到这样的好岔子不？蒋家村的人雅真是些饭桶，来了这么好几十条，没得一条中用的，半天啦，没闹出一眼子印象，唉，真气死人，气死人！”牛七拍着腿唱埋怨，埋怨了一阵，仍是不甘心，“政屏，我的话你是不肯听的，事情闹到收不了场，你雅不能怪我，时候不早啦，我是要少陪！”牛七前行了几步又站住。“但是原拔伢子不肯多出钱，人不要抬回来，听见吗？我走了，有什么事你跟五婶婶商量商量就是。”政屏知道他的臭脾气，送他出了门。

政屏的五婶婶跟牛七有意见，因为她怜惜二娘子活受罪，才出头来调和。她向原拔商量，要他出百把串钱，放鞭爆赔礼，原拔不答应。五婶婶是专走五湖四海的女光棍，刁横的牛七雅蛮怕她的。她对原拔说：

“原拔爹，你想想，二娘子尽留在你这里，于你有什么好处。可以抹糊就抹糊点吧！这件事就是政屏没道理，你是读书明理的大量人。家里又富足，就可怜他这一趟辛苦，雅可怜二娘子这趟糟蹋吧！我是不相干的，只愿邻居的和好。实在和不了，雅不关我的事。”

原拔生怕二娘子会饿死，承认出五十串钱，和放爆竹，政屏自然不敢再坚持，于是猪钱和赔款点交清楚，爆竹一响，二娘子依然笔直的死着被抬回了家。

七

第二天晚边，原拔在屋后的竹山散闷忽然发觉四五丈远的政屏家的后门口走出个穿长衫的蛮汉来。

“这件事，真吵了七哥的心！”政屏送他出门，很难为情的忙鞠着躬说。

“这有什么讲头，都是自家人。”那蛮汉头都不点的仍带责备的神气答，他忽然瞧见了原拔，急忙的直往前冲，即刻，他那伟大的肉胚，在暮色朦胧的竹山黯处消逝了。

二娘子呢，可怜，她自从死过这一次，没得谁见过她一次。真个，她是被活埋了。但是，雅奇怪，空几天，玩青苗龙的玩到下仓坡，谁都出来瞧热闹，政屏也出来了，只是他的房门虚掩着，门湾里有一堆黑影，迎龙的鞭爆就从那儿放出来，惹起许多人打哈哈。

八

热闹的端节过了，在省垣勾留了一晌的旁大回了家，到裕丰闲坐，那时郁益、禧宝都在店。

“哙，我说，宝先生，前回下仓坡那对货味儿何如咧？”旁大莫名其妙的问。

禧宝没回话，涨红了脸，眼向郁益一睃，转背朝着旁大，把舌头吐出来两寸长。

（选自短篇小说集《怂恿》，1927年8月，上海开明书店初版）

活鬼

铜邑人谁能明了邹咸亲的身世？他初到铜邑，似乎带来一种好感，迷蒙着一般人的心灵，使人失掉观察他的知觉，连他的住址也今天可以说是这里，明天可以说是那里的。起首他替人家织布，大家称他织布匠，但不久织布匠的名义竟给取消了，他的专业究竟是什么也成了问题。

他的伯父会算命画符，在乡村建树了些功德，是为着这个，咸亲才被推荐在一个小学校当厨子吗？不，以咸亲的才力是颇能自致于青云之上的，瞧，他那长短合度的身段，有魔术家那样的灵活；走路时身体跟着脚步一上一下，有蛤蟆跳跃般的烂慢；一眨一眨的眼睛，嵌在深的睫毛里，在一开合之间，就像有一个一个的计谋闪出来，当前的景物，游移的色相，在人们不知不觉间，他只眼球轻描淡写的那么一溜，就全给纳入眼帘；

这足证明他很伶俐。有谁骂他“好狗，别碍着我的路”，他的回答必是“好，我就站开点”。假使有谁支使他“小子，来，给我挡着西北风”，他必定很高兴的说：“站在那边哪？”这足证明他很驯良。这样伶俐，这样驯良，谁不愿意照顾他，什么事他干不来？

他是个单身的小伙子，没有爱人和他彰明的往来。自从伯父去世，他似乎以学校为家，以厨子终老；在厨子任上，一向做事稳健，纵然偶有差错，也与风化无关，自能博得教职员的信仰；那怕教员要大便，也得叫声：“咸亲，给我看住这群小牛，别让跑出课堂门一步。”但驯良和善的他，虽则做了临时的学监，连小牛也不肯得罪的，只站在课堂外弄眉挤眼，惹他们发松，教员远远的来了，他使个眼色走开，职务算交代清楚，小牛们也就因此都心感的归化了。

课余饭后，他手里有的是糖果，使孩子们在怀里流连，口里有的是动听的鬼怪的故事，使他听着优于上课。尤其夏夜，寄宿的孩子搬着凳椅到操场歇凉，茶烟都给他预备好，拥挤的凳上公然留出个坐位来，且相互关照着“这是咸亲坐的，谁都不准占去”。操场的四周，绕着苍郁的古木，泥堆杂草间，昆虫唧唧，黑魆魆的幕下，幼稚的心灵本就给恐惧包围了，偏生咸亲一来，爱讲的又是蓬毛露齿的僵尸和凶狞的吊死鬼的故事，作古证今的讲述，潜伏的妖魔，似乎就在他们的前面跃舞。他们越听越欢喜，越听越害怕，一个个都挤在他怀里，被挤落的，吓得嚎哭，甚至就寝也非他相伴不可，咸亲也似乎是义不容辞的有和他们伴宿的必要；不过，他每讲完故事，少不得叙述点自己能捕妖捉怪的特长，与乎绘画护身符的专技。好啦，他在孩子们中有了名誉，渐渐的连在他们的母亲姐姐们中也有了名誉，咸亲得了伯父的真传，铜邑之鬼，会葬身无所呢!

孩子们中有个荷生，他的家距校很近，他所以要寄宿的缘故，除了咸亲的糖果和鬼怪的故事外，怕没有别的吧！浓厚的交谊的种子，深深的播种在他俩的心田，因而咸亲每到荷生家量学米时，颇得他的母亲们的厚遇。荷生虽则不久辍了学，这交谊依然是维系着而且更形密切呢!

荷生家是个畸形的组织，换句话就是女子多男子少。祖父是个勤俭起家的老农，当年感着膝下无儿，五六百亩田产会徒劳一世的无所寄托，时时抱怨。邻里散布关于他的夫人蔡氏的谣言，他很高兴的说：“管她，看能替我养下一个崽不。”可是蔡氏不挣气，成绩毫无，他只得弄到个过继的崽，赶早给娶了媳妇，差强人意的算替他养下一个孙女，一个孙男——荷生，可是不久，这会生产的儿媳偏又守了寡，老农深感着一个孙男没有换洗的，于是年轻的寡妇体贴公公的意旨，领受婆婆的庭训，努力的工作；渐渐在邻里声誉雀起，连那不出闺门的孙女也追步后尘。不过她们没有成绩报消出来，老农可不能不预备身后了，他赶紧替十三四岁的荷生讨了个年龄只比荷生大十来岁的老婆，这才一无牵挂的溘然长逝！

老农去世后，荷生才回家执政，感恩知报，来往的宾客当然以咸亲为最体己。

荷生的家宅很宽敞，白天常有咸亲来相伴，倒不见得怎样，可是深夜偏偏到处有些响动。在他的祖母、母亲、姐姐们当然有认为鬼怪的必要，而在富于鬼智识的荷生的脑中，便觉着那是和咸亲所说的一般无二，他问过咸亲，咸亲说：“这是阴盛阳衰的缘故。”按之实际情形，谁敢否认这断定？老农健在时尚且阳气衰微，夜间屋前后常起怪声，狗汪汪的乱窜，堂屋里有脚步声，开门声，这里那里，到处有魔鬼潜伏的征兆。老农去世，阳气又骤减了，沉霾的天气，月儿躲在浓云里的时候，群鬼便猖獗起来，在屋后的竹山中嚎叫，甚至争斗，有时沙石飞进来，妇女们不怕那些阴气，只安闲的做她们的甜蜜的梦，全靠荷生这孩子去镇慑，荷生如何不胆怯！

“咸亲，给我画一朵符吧！”荷生每每要求着，咸亲便“好，缓一下，现在不得空。”的应付着；等他有空了，便又“明后天我到你家里来画吧”！咸亲有时被逼得没法，叫荷生预备一把猎枪。荷生便预备猎枪，白天在山林里打鸟儿显显威风，夜间便拿来打鬼；枪口搁在窗上，枪柄放在被里，梦里听见有声响，风儿吹动了窗纸或耗子偷米所发出的声音，他即刻惊醒：“哼，来了，妈妈的，赶快放！”于是机关一扭，“砰”的一声，万籁俱寂。第二天在竹山或发现一块黄鼠狼吃鸡的血痕，他逢人遍说那是驱鬼的成绩，建树了功勋。他多么感谢咸亲啊！但日久弊生，猎枪失了效力，荷生仍不免要求咸亲画符，而咸亲总是推托着。

咸亲虽则画了一手好符，但他并不搭架子，更不会在荷生前搭架子，就是别人请他，也一样，他总慎重又慎重；但在同样的慎重中，咸亲却是极情愿替荷生画一朵很灵验的才可以对得住他，对得住他的母亲姐姐们。不过那画符的地点要在荷生家，而且要在夜深时；因为如果万一不灵验，他便可住在他家里就近的通宵的坐镇。但是时期没有到，这要待荷生恳切的请求。

荷生执政的第二年，祖母去世，寡母不久被鬼缠着，得了鼓腹病，因为她不肯公开的诊治，过信自己的秘方，于是结果不妙，跟着婆婆一道。常常不愿嫁的姐姐，也在那年嫁后，在婆家吞洋火死了，原因是丈夫诬陷她不规矩。她们的魂说不定时时回家来相聚，荷生一方面要对付野鬼，一面又要对付家鬼，于是除放枪之外，还按季节焚化纸钱，不过总是没有多大的效验。

咸亲到杂货店去，必走捷径由荷生家的竹山走过，顺便在荷生家歇歇脚。一天，他似乎预知荷生家又闹着鬼，照例的在他家里闲坐，那时荷生正坐在大门外的石凳上消闲。

“咸亲，你快来，我告诉你一件事，昨晚我家里又出了鬼啦！石子，酒杯大一个，打得屋瓦哗喇哗喇的响，她是死家伙一样，捏她的腿，动也不动，我真个蒙头蒙脑的闷在被里吓出了一身臭汗。你看有什么法子，啊哟，你来得正好！”荷生一见咸亲，指手划脚的报告这恶劣的消息，余怕活现在他的脸上。

“我不信，那有这样凶的鬼！”咸亲眼睛一眨一眨的微笑。

“不信就不信，我难道骗你，真是………”荷生不高兴。

咸亲以“我不信……”将荷生一激，果然料敌如神的激出了荷生的不高兴，于是一种计划涌上他的心头，脑壳斜着，白眼珠朝上翻，回忆起往事，口里虽则“不相信”，脑袋里却能翻出许多的故实，证明鬼怪在荷生家横行并不是绝对虚无杳渺的事：

“呵，呵，难怪。我记得这口塘。”咸亲手指着眼前的大塘，“乙未年枫树湾兄弟争祖产，在塘上扭打，淹死了两个在水里，这你也许知道的。竹山里呢，就有王大嫂上过吊，哎哟，那吊死的样子呵，真吓人！舌子掉出来尺把长，眼睛珠子暴出来比算盘子还大，那么的惨死，保不定冤魂不散！还有……”

“还有什么，别再讲了，讲得这样凶险，到了晚上真是要我的命，咸亲真爱作弄人！”

“别忙，让我讲给你听喽！我每回夜里走过竹山，总觉着离身的五六尺远有一阵阴风，由这儿忽然就吹到那儿，这一定是什么鬼怪在躲避我，这倒不是骗你。鬼是——自然是有的，不过像你说的那么凶，我还没碰过。”

“骗你是畜生。”荷生气得当天发誓，“你想，一年中间，老了两三个人，这不是鬼是什么。妈妈在世的时候，我每夜睡了一觉醒总听见她房里响动。第二天问她，她说好像有什么东西压在身上动不得，喊也喊不出口，她怕是婆婆的阴魂回来了。你不信！像昨晚那么一响，你不怕才是真本事！”荷生涨红了脸，跟咸亲赌气，随即又补一句：“你不信，你今晚就在我家里住一晚试试看。”

“那怎么行，学校虽则放了假，我还要守屋。而且你们亲亲热热的，我干吗要来打你们的岔！”

“那要什么紧，你是怕她吧，她，我要如何就如何，你放心。”

“不成，不成，你晚上有伴，让我一人在鬼窝里送死，那我不干。”谈锋早已入港，咸亲还进一步的顶着。

“那末，就同在一房睡吧，我房里有两个床，真搭架子，你这家伙！”荷生终于许他一个最惠的条件。

咸亲庄严的沉默着，欲言又止，竟半推半就的承认了。他知道不承认，荷生会另请高明的。那时荷生嫂挑着水桶走进大门，预备到塘边的井里汲水，她每次瞧见缸里没有水，就自己去挑，因为如果靠丈夫的力量，恐怕他费尽吃母乳时的力也挑不起一担水，而且她除了洗衣烧饭外，没有事情可以消磨她那过剩的精力。她见了咸亲，脸上泛起两朵红云，低了头，忸怩而微笑的走过去。咸亲也庄重的笑着目送了她一程，而且乘着机会，活溜溜的眼珠在井边和荷生之间来回的闪动。荷生嫂在井边流连了些时候，终于一伸一缩那带着玉圈的手，弯着腰，提了两大桶水上来。在这平日，她不过是一举手之劳，然而毕竟累了，歇了许久才两手托着扁担一耸。这一耸，也和平日并无二致，然而那扁担老是失了平衡，不然便是扁担钩儿歪了，消磨了好些时光，那担水才顺遂的上了肩，才摆开时髦边的裤脚底下的那双粽子般的金莲，在地上一蹬一蹬的踱着八字路，胸前微凸的乳峰上下的震动，股上的衣襟摺左摺右的摺成个“人”字形。她走近大门，发现丈夫和咸亲注视自己，步法乱了，桶水泛滥，泼湿了裤子。

“你也太享福了，要娘们挑水吃！荷生嫂，我给你挑进去吧，横直我要进去取烟袋抽烟的。”咸亲啐了荷生一口，走到荷生嫂的跟前说。“我自己挑，我自己挑。”荷生嫂谦恭了几句，走了几步，终于歇了，让咸亲挑去，自己在后跟着。荷生依然坐着不动，只心感的说抱歉的话：

“要劳你的驾，真是对不住得很！”过了稍久的时间，咸亲才取了烟袋出来，抽完烟便走了，荷生嘱咐着：“晚上早点来！”咸亲应了一声“好”。“今晚会阳盛阴衰”的满意，充塞了荷生的脑门。

晚上，咸亲在校延捱了很久才赴约，欣领了荷生的一餐“搭架子”的责骂，在咸亲看来虽则驱鬼可操胜算，而伶俐驯良的他，却是诸事不妨谨慎谦和，荷生对他的责骂愈多，则驱鬼纯系被动，系应荷生的恳切的要求，是很彰明的了。

他在荷生家的屋前屋后巡视了一遭，口里咕噜着神秘的法语，尽了相当的职责，才进荷生的卧房。绣阁中骤添了一位生客，他们并不感着不便，本来咸亲那么谦和驯良，素来同他们是一家样，他们简直早已融成了一体，不过名义上咸亲不能有荷生那样多的幸福。床位的分配，是荷生嫂独睡一床，这许是她的年龄大了些，不大怕鬼；荷生便同咸亲一床睡。在荷生脑里不过是重温在校寄宿时的旧梦，在咸亲或有惊人的快感与满足罢。息灯后，室内寂静，屋瓦上不再有石头搏击的巨响，荷生渐渐酣睡了，只有咸亲的时间时作的轻微的咳嗽与荷生嫂“嗯—唉—”的叹息应和着，聊慰漫漫长夜的寂寥。

翌晨，荷生先张着濛迷的睡眼起来，一壁赞颂咸亲镇压的功勋，一壁下床着鞋，忽然发现了咸亲的鞋在离床几尺远的地上躺着。

“咸亲，你的鞋怎么会到那里去的，这真是活鬼敢大胆的跟你斗法，这还了得！”荷生以为咸亲被鬼作弄，鬼之魔力不可思议，他真有些惊惧！

“或许是我们自己将它踹开了也说不定，今晚再看吧！”咸亲很慎重的说，竟以研究的态度又预定了一晚，开辟了后路。

次晚，未睡之前，咸亲点三根香，焚着纸钱，在房门上喷着法水，才就寝。寂静一如前夜，只是在咸亲鼾声大作之际，一种小物件在地下擦着沙沙的响，似乎有鬼用线牵着它走。荷生很惊恐，扭醒了咸亲，咸亲审辨了一会，大声的骂：“安分点，老子在这儿。”那声音果然寂了。荷生胆壮了许多。

次晚，咸亲自然照旧在荷生家寄宿。在他们快入梦境时，一颗石子打着楼板响，这在别人或可断定那是在室内抛的，活鬼很容易擒捉，而这荷生，这响声便是一炸雷。他被吓慌了，抱着咸亲战抖着；咸亲大咳一声，预备动作，荷生也乘势大喊着助威："如果真有活鬼，就再来一下！"他原想就这样将活鬼吓退，出乎意料的，一只茶杯破空而下，落在书桌上砸得粉碎。荷生可吓哑了，头上的冷汗直淋，倒在咸亲的怀里战栗。咸亲抚慰了一番，猛虎下山似的跃下床，在桌上一拍，在室内还追逐了一阵，才找着洋火，燃着灯。荷生大胆的下了床，他的妻也愣眙的探首帐门说："吓坏了我啦，这究竟是怎么一回事啊？"

"哼，吓坏了你，睡得死猪一样的。"荷生的恐惧变了愤怒。

"茶杯不是搁在楼上毒耗子的吗？怎么会砸碎了呢？"荷生拾起碎片说，"咸亲，你睡觉前在椅上看过的，看见这茶杯吗？"

"看见的，看见的，还放在墙角那里呢，无缘无故是不会掉下的。"咸亲很正经的答。

"是呀，还是我放在墙角上的呢，我画算放在那里会毒死几只耗子的。"荷生嫂也斜头摆脑的补了几句，无疑的，活鬼的确进了房。于是他们点着灯睡，提防着，勉强的煎熬到天明。

这天，荷生主张晚上点着桐油灯睡觉，桐油相传是辟邪的，大概好奇的荷生还想在桐油灯下一窥活鬼的原形，但是咸亲不赞成，他主张自己画一朵极灵验的符。结果，荷生主张画符与点桐油灯并举，咸亲不便十分反对，只得照办。就在那天，咸亲在山中斫了一枝桃，削去皮叶，慎重将事的用朱笔画了一朵古怪的符在上面，桃枝的一端用红绸缠着，钉在卧室的一角，夜深时，他在桃符前设了香案，焚香三揖之后，将预备好的雄鸡的头一捏，鲜血涔涔的染在桃符上，合掌闭目，诚虔的请了天师，然后告退。在多鬼的铜邑，这是驱鬼顶辣手的办法，而且这很关咸亲的威信，于是结果非常的灵验。这虽则是咸亲之功，而荷生的主张——点桐油灯——也不能说绝无裨益。

在半个月里，荷生家的活鬼似已绝了迹，咸亲不得已仍然回了校。荷生虽则没有什么厚贶报答他那驱鬼的劳绩，然而咸鱼干肉的款待，与乎旨酒的醺浸，更兼荷生很看重他与乎荷生嫂待遇他比荷生还亲密，这对于他那枯焦的人生已滋润了温和的时雨，他还有什么不满足？然而不！

沈霾的一晚，暗淡的月儿已跨过了高峰，荷生家屋后的竹山弥漫着妖氛，大众都已入梦，一颗石头又在荷生的屋瓦上响了。荷生卧房的桐油灯许是油干了，灭了。他异常的恐惧！他虽则胆怯，但不能不勉强去应付。他扭醒了妻，蹑手蹑脚的握稳猎枪，向窗口探视了许久，室内虽是墨黑，然而室外究有深灰色的微光在，微光里却能迷离的看出一堆黑影在动移。那不是树干，竹山里没有树；更不是竹，竹山里没有那么粗而矮的竹；也不是风儿吹花了他的眼。

他真的看见了一堆黑影。他虽则怕，但那是无益的事，于是他即刻举枪瞄准。这孩子曾用猎枪打落过喜鹊，也打落过山鸡。那么一大堆黑影当然逃不出铁沙弹的范围，于是“砰”的一枪打去，除了宿鸟惊啼的声响外，还起了一阵足音，那足音渐渐的在竹林远处消灭了。

次日午后，荷生又未雨绸缪的走到小学校，想将这活鬼复现的恶消息报告他的挚友咸亲，再设法对付，但咸亲不在；过天又去访，可是学校的厨役已有人在代理。

（原载1927年5月《小说世界》周刊第15卷19期，选自短篇小说集《怂恿》，1927年8月，开明书店初版）

喜期

风声不好，往北开的军队陆陆续续由溪镇经过，每天总能见到好几营，不消说，敌军许是冲过了防军的阵线又快压境了。黄二聋虽是饱经风波的洞庭湖畔的小雀子，聋得将大炮机关枪声常常误为爆竹，那时也觉溪镇不妥当，家里还没遣出去的静姑更加不妥当！“他妈妈，生是张家人，死是张家鬼，这年头，我吃自己的粮替别人拉磨，我干么当这个呆牛！我担得起这个责任，我？”他喃喃的愤语，刻不容缓的将静姑的媒人找了来。

“南田哥，张家一定要九月接亲，我看是不妥当，迟早总得接，干吗要挨到九月。说是钱财上一时来不及，我黄家又不是什么大官大府，皇亲国戚，干吗一定要九月。南田哥，您知道于今的丘八爷可还像先年的，他妈妈一进门，刺刀偏往旧箱破柜上敲，往松土的地方搅，屋里找不着娘们，会往山里跑。不瞒您，我静儿的嫁妆虽则只有三两箱，若果抢了，我是垫不起第二付本钱的。若果人有个什么差错，张家质问起来，我向谁交涉去。唉，我说，女的真不是人养的，淘气，受罪赔钱还事小！”

“对，是真话！这年头那家有姑娘的得留神，前年吧，塘湾里的大毛可不是吃了亏，被三个大兵奸了淫，只是那蹄子也该受罪，兵进了门，还笑眯眯的站在他们前面去卖俏！我说，二爹，您到底有见识，早点打主意的好，趁着阳春三月把喜事办了，让咱们也好太太平平的吃两杯喜酒。您姑娘的事，过两天我准到张家去探探，看是怎么个处理。”

“好，费您的心，最好就明天请您跑一趟腿，请张家在三月三这天接去完事啦。三月三这天日子还不错，我瞧过历本的。昨天隔壁打县里回来的说苦竹坳正开着火呢，离此地不过六七十里地。我并不是要改早喜期好贪图个什么，实在的，我就不愿当孙子操这付空头心，您知道，我静畜生她管什么天长地厚哪，登在那儿就在那儿像死猪一样的。”

“好，那末，明天我替您去跑一趟腿就是。”

“劳驾劳驾，将来我重重的谢……张家若是肯了，接亲的那天也不用花轿，也不用响锣响铙，只图个省事，南田哥，明天听您的回信就是。”

静姑是黄二聋第二个女儿，跟着爹妈过着极刻苦的日子，那时已经十九岁了。她的命运的好坏，当她还没有在娘胎里发芽时就注定了的。“夫妻俩还过不舒畅，那能一个不了一个的尽养赔钱货！大圈是头胎，自然不能比，若是往后还照样，养下来我准把她往马桶里一塞。”黄二聋认为他的婆娘是制人的模型，老早就关照要养男的，但静姑不挣气，在娘胎里始终不遵爹妈的意旨而变成个男的。她一出世就应寿终马桶，但她蚂死命的反对她爹说：“谁叫你当初要做那样的事啊？牛婆下了崽，你欢喜，猪婆下了崽，是母的你更欢喜，为的它将来也会一窝一窝的养，好给你生财，唉，人当不了猪牛，我，我还活什么……”于是静姑在这种慈悲的哭声里被允许活在人间了，但这究竟是她的不幸！

她生得很不错，又聪明，又柔静，大圈六岁时便给人家做童养媳，泼出了的水似的不曾接回娘家过，而她却没被泼出去。她爹妈因因循循竟让她在家活到十九年。她的名字叫静贞，那是族叔给她取的，但邻里都叫她静姑。

她家离族叔家很近，每次去了，叔祖母必定留她住几晚，族弟小三对她很好，晚上陪她睡在叔祖母床上，白天带她满屋去玩。他将自己的珍藏搬出来让她去拣选，他用碎瓦片当碗，香烛棒当筷，泥土和青草当菜，在大门外的石凳上请她吃饭。夏天的早晨，他们常到水边山边玩，一对小天使真是说不出的相爱，年纪稍长的时候，他们还同在附近的小学校读了四年书。

她十二岁就许配给同乡张家的惠莲。张家有几个钱，惠莲又是独子，黄二聋看中了这上头，至于惠莲是跛子，又是一字不识的傻老，那并不关事，在不明白嫁人是怎么一回事的静姑，自然也不很关事，她的心上只有小三，一直长到十九岁，还是只有小三。

她的喜期择定在九月的那年正月，小三曾去看她的。他们背着人相抱痛哭，含泪的亲吻，这虽是满含酸意的初次的吻抱，然而却是最后的一次呢！小三在她前发誓要在暑假时赶回，替她挽救这个厄运，她很得意，他们别后，静姑常常提心吊胆着，虽像一只带箭的黄莺，但她满盼着她的创伤有回复之望呢？

第二天，黄南田在张家讨了个回信来：

“二爹，接亲在三月三，张家能答应，只是不用花轿又不响锣响铳，那可办不到，您瞧，他家也是体面人家，儿郎虽则有点不圆范，究竟是讨头堂亲，又不是续弦讨小，那能冷冷清清的抬过去就得！”

“也罢，他家爱花几个空头钱就花吧，那末就这样，谢谢您！”

静姑在阶前洗衣，她一见南田就遛去了。这虽是由于她受了父亲十九年的陶冶，很有点害羞的程度，也一半由于南田使她和素不相识的惠莲跛子有了夫妻的名义。昨天南田来是为什么，她猜想那不是和她绝无关系的，这时，她决定要探听个实在，她忘记擦干自己湿淋淋的手，心里砰砰的在门后偷听。她听见南田的“三月三”和许多别的话，强烈的硫酸浸入了脑中一般，绞出她一身冷汗，眼睛发黑，她立不稳了，几步窜到房里和衣倒在床上。惠莲是跛子，是傻老，喜期在九月，她曾为此忧伤得不像人形，三番两次的只往死的路上想，但是自从小三和她吻抱后，又当天发誓要在暑假时赶回替她挽救这个厄运，她颇领悟在人间留恋的余味，谁料到于今事情变了卦，命运支配着她在三月三这天完结，不让拖延到暑假！小三千里迢迢的怕还在做着酣甜的梦，空幻中计划着暑假时的一切呢。三月三是个很迫促的刑期，这刑期就在这种暴力之下决定了，没一人说句公道话，小三又茫然的不赶回来。她想死，但这是一个总结束，觉着又不能不告诉小三就暗地里将自己处置了，将来小三是会如何的悲哭。思潮千回百转，真如万箭钻心，她于是咬紧牙齿，闷在被里嚎哭。

“静儿，静儿，莫老是这样哭喽！近来你不知如何这样爱哭！你爹把喜期改早了，这也是他一片苦心，迟早终归要过去的，哭什么。”她妈听了哭声，一摇一摆的踱进她房里握着她的手坐在床沿劝，“唉，手都是冰冷的，脸都变了色，还不快莫哭，哭得为娘的心难过啊！”她没有什么劝解的，由眼前的这个，联想早经泼出了的那个：“大囡，听说这晌要回来，但你爹没工夫去接，路太远了。你的喜期改早了，也没打算告诉她，唉，那孩子多年没回家啦，如果这时回来了，你们姐妹俩也好快乐的过几天喽！”

静姑自有生以来只见过姐姐一面，那是姐姐和姐夫圆房后回家时才见的，现在恐怕是相逢不相识了，她脸上被打伤的瘢痕不知增加了多少，从前那黄瘦的躯壳，现在不知消减黝黑到什么程度，但她究竟受惯了折磨，不像自己这样的怯弱，而且自己所受的磨折实在比她姐姐身受的更难受，她想着三月三，许是她抛弃一切磨折的日子吧，那时她将不再见姐姐，不再见母亲，不再见小三，她想起种种，只有趁着生命存留的一刻，尽量的哭。

“静儿，你别哭了啊！你什么事不称心呢，是嫌耳环不是真金的吗？是嫌帐子没有买得珍珠纱的吗？唉，像大囡只带了一身换洗的裤褂去，你比她的东西要多多少啊！你是为着嫁妆吗？你说呀，在娘前面。”她妈注意在她的嫁妆上。

静姑很怜惜她妈，又要为自己打算，她想要她妈着人送信给小三，小三曾允许送她的东西，这是个顶好的名义。她在哭声中半吞半吐的说了，但她妈还没十分听明白，房门外可有人替她回绝了：

“叫谁送信，叫谁送信，这么远的路，还有几天工夫，爱牵丝扳藤的。”这是她爹的声音，他送去黄南田，就站在静姑的房门口。他听到“送信给小三”冒起火来了。

“是啊，这么远的路，那来得及呢，喜事办好了，小三不还是可以送东西给你吗？小三送的东西，张家不见得准缺短，他家的日子总算好过，你别为着这个着急啊！”她妈也顺势，讽劝了几句。

恼愤与羞惭在静姑的脑中交流，她很狠的将身体向床里一转，不动不响，她妈劝了一会，便叮咛的说："也好，让你静静的歇一会也好，让你去想想明白。"即刻走开了，不久又进房看她，饭时叫她吃饭，舀水给她洗脸，但她始终睡着不动。她不是撒娇，不是以此为要挟的武器，她实在觉着她是被推落在百尺深的井里，周围是黑的，墙壁是滑的，毫无攀援处，渺渺茫茫的浮在水面，井口立着拿石块直等往下盖的许多人，而小三在异地安安闲闲的全不知她会在一秒间沉下去。她也决定将自己沉下去。她不让张家将自己美貌的身体抬过去，她不愿将宝贵的身体给恶魔去作践，给野兽去把玩，她要散播点悲哀在残酷的世界，留着深的印象在无论谁的脑中。她虽则怯弱，她相信还有自己消灭自己之权，她决计就在不动不响，不饮不食中消灭自己，在二月二之前消灭自己。

"静儿，二月已经完了，喜期还有几天呢，你总是不听劝，饭也不吃，也不起床，究竟要怎样才好呀？"她妈不厌烦的劝，她却只睁睁无力的眼睛向了她妈闪了一闪，随即就闭了。她真的心神恍惚，好像浮在深的井水里，那些无关痛痒的琐屑话，她好像不大听见，灵魂只紧紧的系在小三的左右，她这时忘记她是在三月三会被处决的囚徒，只仿佛觉着她仍然回复儿时的地位：

“夏天的一个星期日，她和小三在叔祖母床上。晨曦刚跃上窗纸，小三就醒了，偎在她身边，用她的头发触她的鼻孔，想作弄她打喷嚏，她本来醒了，但仍然闭着眼睛。小三急了，推着她说：‘快起来啦，静姐，静姐，’她张开眼睛说：‘三弟，你以为我没醒吧，我醒的时候，你还做梦呢！这样早起来干吗？’小三翻眼偏头的说：‘你听，树枝上的蝉铃子叫得真好听，我想去捉几个来，我有关蛄蛄儿的笼子。’她同意了，两人起床，擦擦眼睛就到溪畔捉鸣蝉去。小三想在她面前称能干，居然轻手轻脚在一株矮树上捕了一个，惊喜的狂叫；‘我拐住了一个啦，静姐，你看，你找了半天也找不着，它们在树上笑你呢！’说着，将蝉铃子放在笼里。她不失望，也不急切地定要拐住一个才甘心，她好像是为陪伴他监督他而来的，她爱溪水静静的流，微波里有自己的笑影，她说：‘我不拐了，让蝉铃在树上自由自在的叫着多好听，你看，你拐着它，它就不叫了呢！我爱溪水，……哟，三弟弟，你来看水里的小鱼儿呵，瞧见我就躲在水草里哪！多好玩！’小三怕她为着没有拐个蝉铃子不高兴，说：‘静姐，我拐个给你再来看鱼儿噢！’

她口里说不要，头却时时转过来望，生怕小三落空。小三拐了蝉铃子在她耳后摇着叫，她微笑着接着。小三又觉着她没有笼子，他慷慨的说，‘我索兴连竹笼子给了你，反正有我一个蝉铃子在你的笼子里就得，好不好，静姐？’她扭一扭伶俐的身躯，歪一歪桃色的脸，口里流露出来的偏是个‘不好’。小三瞧着她好笑。澄澈的溪水深仅尺许，蜿蜒在峥嵘的石间穿插，小三脱了鞋在水草里摸鱼，揭开石块捉螃蟹，要她也下水来，她起首不肯，但觉着太有趣了，也下了水。不久，小三勒着裤走到溪那边去。她不敢过去，小三又过来扶着她过去，他自豪是她的保护者，吹着牛皮：‘静姐，你比我大还不能走过来，你不如叫我哥哥吧，我就叫你妹妹。’她呸了他一口，小手指在歪斜的脸上刮，这算是对小三的处罚。”

“静儿，静儿，你也起来坐坐呀，老是这样睡，睡得人心焦呀！唉，起来喝点粥汤吧，给你熬得好好的，一点都不吃。唉，衣服手巾这些东西，虽说预备好了，总还有许多事要检场的啊！明天初二，还有什么闲工夫啊！”

静姑正浮在软绿的幽溪里，融融的在飘舞，酣甜的梦，突给她妈的声音惊醒了，她非常的怅惘，她仍然觉着她是在黝黑的井底，永无翻身的希望了。三月三，真是，还有几天啦，能在这两天里消灭自己吗？现在已经消灭到什么程度，这真成为一个问题，她觉着这世上依然有一个她，这颇使她烦闷。她连眼睛都不愿张开看她妈一眼，头上冒着热火，身体也感到十分的虚弱，她决计努力进行她的绝食的工作，务在三月三以前达到死的目的，她的心非常坚决，细致，对于死的进行，真是想得极其周密，但越想越晕热，心神又倘况起来，前两月的事又浮现在眼前了：

——小三初到了她家和她爹妈周旋了一会以后，就问她在那里。她在门外偷听，听见小三问及自己，一溜烟奔到房里，喜跃的心按拉不住，她妈一声一声的叫着："静儿，静儿，你三弟弟来啦，快出来啊！"她故意的说："不出来。"等小三站在她的房门口，她才起身，红着脸儿一笑，和小三勉强寒暄了两句，便走开了。她不待妈的吩咐，便在厨房里预备饭菜，收拾一切，她骤然活泼起来了，一个人全无缘无故的微笑。——

——他要到暑假或年假才能回家，虽然他的家离她的家不远，他为她妈留住了两夜。

——别时，她没起床，托她妈拿出手绢和绣枕给他说："这是你静姐送你的，九月就出嫁了，嫁后，你们不知何年何月才能相会呢？"他不响，眼眶红了，好久，才答道："要她送东西给我干吗？婶娘，她出嫁时，我送点什么给她压箱呢？她现在到什么地方去了啊，我得向她辞行去。"她妈说："也好，你到她房里去看看，我喂好鸡再来送你。"这些她在房里听得清清楚楚，她在被里连连的打寒噤。

——她开始抽噎，他奔到房门口，默默的站着，心儿跳着，像是失了魂，像是痴呆了。他一时想不出安慰她的话，只是"静姐，我要走……"的喊，她更加悲伤，好像这是诀别，她的衷曲好像非借眼泪冲出不行，她的泪，是为谁流的，她的心寄托在什么上面，她像不使他明了不甘心似的。他想走拢去，但，他不敢，脚给绳索绊住了一般。老鸦叫得很恼人，他的情火也就跟着蔓延了，他朝窗口侦探了一下，镇住抖战的肢体，寸步不移；移到床边，壮着胆掀开她的被，她的呼吸很迫促，胸部很紧张，他看得很昏迷，心意缭乱的两膝随着"静姐，静姐"的呼喊弯曲了，脸儿随着连串的泪珠压在她的脸上，他俩紫红色的唇儿在涕泗滂沱中紧紧的胶合了，暂时消灭了凄惨的呜咽。

——静姐，我谢谢你的赠品，你留着自己用吧，九月里——

——别同我废话了，九月里怎么，你……我用不着这些东西——

——这话怎么讲，唉，静姐，快莫讲这不吉利的话，你要什么东西，尽管对我说，我好由省城里寄回来——

——我不要，我不要，我什么东西用不着的，到九月的时候，你听信吧！我……我……妈呀………她放声哭，她妈闻声，老远的喊着：“怎么啦，静儿？”小三慌了，凑近她忙吻一下，说：“我完全懂得，你放心，我誓在暑假时赶回，挽回这个厄运。”即刻他站起，退后两步，当她妈立在窗口时，他堂皇的把嗓子提高了：“静姐，我谢谢你的赠品，你什么事不快乐，好好的保养身体吧，我要少陪了，少陪了，不必送了，婶娘，不必送了。”在小三刚出房门，她的哭声，就更加大了。

现在却不是她的心神恍惚，不是幻梦，她是在真哭。

“静儿，静儿，你哭什么，你看见了什么吗？唉，这孩子怎得了啊，后天就是喜期，到于今还在疯疯癫癫的淘气唉！”

静姑绝食已经五天了，团转左右的大娘，也有关心她的，因为喜期近了，少不得要人帮忙，她们的出亲酒是跑不了。她们根据自己的经验，援引自己嫁前的忸怩，做作，用种种的话安慰静姑的爹妈：

“几天不吃，这是常事啊！姑娘们要过门了，总有些舍不得爹妈喽，守了一二十年的闺房，也舍不得喽。一向是做姑娘的，忽然做嫂子末，自然也有些害臊喽。睡个几天饿个几天，这是常事啊！”至于“她是假意的舍不得爹妈，掩饰自己的欢喜才假意的不吃饭，不起床。她是一时抱不着惠莲才哭的，她肚里吃饱了因思慕惠莲所涌出的馋涎才不饿。”这些话，那是不便说的才咽下了吧。但静姑的妈真有些着急，她真怕女儿就此消灭了。至于静姑的爹，也有点着慌，他怕她饿死在家里麻烦，她是张家人，她的尸体应归张家去收殓。

“这畜生，我是养大她给气我受的啊！你这老婆娘，”黄二聋手指着他的婆娘，“平常要惯失她，养成这样的臭脾气。谲骡子一样的，后天接亲的来啦，我看你如何使她上轿就是。”他朝婆娘喷骂着，又转过口气，顶着女儿啦：“妈妈的，单是嫁妆，我卖老命，给她凑了三两箱，杯盘碗筷那样短啦，我，我，我为的谁来着，于今她死人不肯吃饭，可还想我的棺木钱不是？我可不再当呆牛啦，她要不心回意转，我叫人捆她送到张家去，莫说我不把信她。”

“你怪我啊，你怪我啊，针屁大的事也得有个商量，当初谁叫你不闻不问擅自将她许配得那么早？你爱张家有钱，于今你爱她不爱，你怪我啊，你穷晕啦，你！”

“出嫁从夫，在家从父；妈妈的，盘钱费米，我养她到这么大，事情我作不了主，好，你管去，你管去，妈妈的。”黄二聋发了狂似的，口沫直外喷，跟着手中的旱烟袋向他的婆娘前面摔。旁边人怕又闹出风波，把他牵走了。

静姑的妈跟丈夫吵了一顿嘴，气不过，连喘带咳的走进静姑的房里一屁股坐在床沿上，漱漱的流泪。静姑知道她妈受了委屈，张着陷落的眼睛，无力的瞧着她妈，渐渐的眼眶也潮湿了，微细而沙沙的声音在她的喉间半吞半吐着，“妈，我口渴。”她妈即刻高兴的说：“你渴啊，我给你倒点粥汤来噢。”她枯草回春似的欢跃的去倒了半碗粥汤来，舀了一羹匙凑近静姑的口：“儿啊，你喝口粥汤吧，天天给你熬着，一口都不沾。你妈什么事得罪了你，你要给她气受？”她的声音渐渐折回喉咙里去了，手在眼睛上擦。“你瞧，你瞧你妈，上气不接下气的，在世上也不久了，唉，儿啊，你喝口粥汤吧，你听话噢！”她那龙钟的躯体，前后的摇着劝，半滴泪珠嵌在于皱的脸皮上流不下。静姑把守不住那个无力的嘴，让她妈将粥汤灌进去。

她的心意活动了，她要为慈爱的妈活着，为未曾践约的小三活着，也要为她爹省几元葬埋费而活着。她无勇气抵抗她妈，她想还是死到张家去。即不能死，她在那儿许能主持自己的身体，不让谁侵犯。如果情势能允许，她决计给个信小三。前途何常绝望呢！只要小三能赶回来，小鸟儿有了伴，还怕不能远走高飞吗？他家不是顽固人家，他有亲戚在省城里，总而言之，只要跳出了这个陷阱，随便怎样总比在张家快乐吧。她想得非常玄远，她的理想中的境界，闪耀着万丈的光彩，她欢喜活着，她不拒绝身体上所需要的滋养料，这在别人看来，是不值注意的，但在她爹妈看来，的确是可庆贺的事，尤其她爹，从此可不必担心再出棺木钱了。

黄二聋的历本没瞧准，三月三竟是个细雨纷纷欲断魂的时节，浓雾拥抱着山谷，占住了村庄，张家接亲的花轿前导着旗伞，后拥着吹鼓手，两乘素轿是迎上亲的，浩浩荡荡的在云雾中穿插，很有些神秘的意味。锣声，嗦喇声，沿途引出许多妇女们奔出大门看热闹，这是黄二聋家姑娘的喜期，谁都知道，年轻人说张家虽则有几个钱，喜事办得也不过这样，老年人说，这年头其实还用不着这样张罗的。

静姑的精神没有恢复，喜期又将她的心冲得稀乱，她纷纷尘尘的由人家去摆布。天还没有亮，她给邻舍二位能干的嫂子扶起来，费了两三点钟梳了个时髦头，头上插满了纸扎的花，胭脂水粉敷得也很匀称，红缎礼服虽则不很新，也还合身，美丽的脸蛋衬着成串的假珍珠很像皇朝的宫女，碎玻璃片闪烁着的绣花裙，罩得长长的，裙下露着不大不小的绣花鞋，这打扮在乡村有名望的人家虽已时髦过多年，而黄二聋家的姑娘也能配得这样齐全，总算够瞧的了。妇人们拥挤的来看，也有大胆的加以批评，但大部分却是赞美，姑娘们便潜心的将静姑做自己将来的参考不断的研究，一个个眼珠滴溜溜的瞧着，要将她吞了似的。

送亲的有黄二聋夫妇和伴娘，黄二聋因为农事忙，本不打算去，后来觉得事情很顺遂，那件罩到大腿上的上了霉的缎马褂一借就得，也就欣然的去送亲了。

静姑由伴娘扶着，拜了天地，祖先，拜了爹妈，她的心如带了箭的黄莺，今后的命运茫无把握，心中有说不出的凄愁烦苦，棺木般的花轿停在中堂等候着将她装去，吹鼓手在奏着死曲催她就道，她于是缩做一团的抽噎，她妈虽则凑近她耳边“静儿，你别哭噢，有你妈陪你去，就像在家一样”的劝，但她却忘记关住自己的泪水，珍珠般的爱女瞬刻便是人家的妻房；她没一男半女在身边，灵魂没了归宿了；伤风头痛，有谁在床边照应呢？她不由得也陪着女儿哭。妇人们联想到她们嫁时的情景，也都收起她们的笑脸，姑娘们默念着花儿似的静姑往后不知还能保持着这样的鲜艳不？她们将来也有这样的一天，心里自然也潮起了一点酸意。全屋子的人除张家接亲的以外，脸上没有一丝喜意，如出殡一般的没有喜意。

静姑上了轿，她爹妈也上了轿，在爆竹声中，在嘈杂中，轿和旗锣鼓伞鱼贯的出发了。

在离军事区域不远的溪镇，花轿还照惯例兜圈子，旗伞还是在空中得意忘形的招展，锣鼓依然是敲得有兴头，到了张家，迎亲的除放爆竹外，还用三眼枪响了三铳。成礼后，洞房门口看新娘的很拥挤，惠莲穿着崭新的衣服一颠一跛的踱进踱出，帮忙的朝着他打趣："莲大少，今晚看你们俩谁先开口噢？"惠莲呆头呆脑的追着那人打。"您的那人儿比团转左右无论谁都美，可是您自已那样儿……"另一个又在他后面叽嘲了，他东奔西走，对付不了。

大厅中排满了酒席，鱼肉的香味在空中盘旋，管事的叫了一声"请坐呀，男女的客人！"于是大家向大厅移动。这时比爆竹更尖脆的声音接连响了几下。打旗的半大孩子诨名叫亮壳子的飞跑进来，喘吁吁的慌张着说：

"来啦，来啦，兵，兵，七八个兵，由塘上向这里跑。"

这枪声有两种作用：一是使腿健的男子听了赶快躲避；一是使胆小的妇女吓得缩做一团的走不动。和张家没密切关系的，一听见兵，撒腿就跑；远道而来的戚友，逃无可逃，并且不好意思逃；几个帮忙的夫役，舍不得芬芳的酒席，偏说："这不要紧怕什么，咱们有这些人？"吓慌了的妇女们听得这们一说，权且借此壮壮胆将自己的命运付给喜神去裁判。但是，那逃得慢点的，跨出后门又退回来了，因为丘八爷果然很聪明，先截住了后路，再把守前门。

“奶奶的，吃喜酒不给信你大爷吗？”这是一个包抄而来的敌兵的声音，牵着一个年轻的女人在手里，涎水从油滑的黄脸上那暴露着金黄色的口齿的唇边挂下来，正同猎犬咬住了兔儿似的自得。

“是呀，大爷难道少带了礼物来着？”另一个丘八爷逼住了一个低头红脸的女人，笑咪咪的，手拍着子弹盒。

“我的活宝贝，我看你逃往那里去？”他们追逐着。

已是无可挽救的厄运，然而女人们在屋里还是藏的藏，躲的躲；岁数大点的，有见识的，挤在洞房里要保护新婚的夫妇。但那能如她们的愿：“滚，滚，”他们驱逐男的，“他妈妈，这大岁数还卖俏，”他们骂着老太太。“拿下来，金镯子。身上，看看。”他们打点小主意。最后，男的，老小的女人和孩子们都关在一个房子里，剩下年轻的妇女们供他们的方便。在毫无抵抗的区域中，枪声却还时间时作的响着。

这时的静姑在重大的扰乱中她毫不觉着那比她嫁张家还不幸，只晕晕沉沉端坐在新房的床沿还像在娘家，在路上，在花轿里样给人们纠缠着，颠簸着。红脸搭还是盖在低垂的头上，她虽则听见枪声但那不过和迎亲的爆竹声一般刺耳，虽则听见“妈的”那也和她爹的骂声相差不远，惠莲走不动，中枪倒在她前，她大概以为是顽童在俏皮吧。一点不放在心上，红脸搭给揭开了，她以为是闹新房的，机械的将眼睛闭着，衣服给解了，首饰给卸了，她以为是伴娘在服侍她，夜深了，她该就寝了。一直到她被推倒，身体重重的被压着，汗臭一阵阵侵入她鼻孔，恶味的馋涎送到她唇边，她才微微睁开她那迷蒙的眼睛发觉个骇人的灰色兽。起首她战栗，喊叫，末后又挣扎，呻吟，她的血液像向缺口奔流，全身瘫软，渐渐肢体都解散了一般，终于昏过去了。她的灵魂又好似入了幻境：她到了叔祖母家和小三在捕蝉，在涉水，在床上嬉戏；她探悉了婚期，在痛恨她爹和南田，在哭泣，在绝食；现在她三弟果然践约来挽救她了，她们在深夜里偕逃，她们已离了恶境，在三弟的怀抱中，在满足她们的缺陷。在……

然而事情过后，在创痛之余，她又神经清楚起来了，蓦然觉着刚过去的那一刹那，简直是恶魔的利刃将她的肤碟成了尘砂，她无复活之望了，她便眼泪婆娑的死力挣扎了好几次，才恹恹的坐起来，咬紧着牙关，胡乱整理整理衣裳，爬下床，颠颠倒倒的由惠莲的尸边爬过，爬过房门槛，又爬过大门槛，眼睛四面张了一下，生怕还有野兽跟踪她似的，她就勇敢的直向大门外爬着，滚着。

大门前有一口大塘，水光泱泱的在她眼前闪动，那像是小三在那里舞跃，招手；又像是她妈的手开开的张着，等待提抱她似的，她就喜孜孜的几步窜到塘边，向那慈悲的怀抱里向婴儿一般倒去。于是，水面展开了一个笑涡，便又回复了静穆，在安详的领会着这软弱的女孩儿温语："三弟呀，妈呀！"

他们破了门走出来了。黄二聋闷慌了，因为念及还没吃饭就想起他的某邱田还没灌水，那打惯了野食的亮壳子的妈，却头发蓬松的，脸上红泛泛的，对着一位老太太忙将整理衣服的手收回来："哎哟，吓死人，那个要死的拐着我啦，我，我拼命的挣脱啦。"此地无银三十两的表白以后头又沉下去，牛栏后面的草堆里的那个却还蹲在地下饮泣的自怨："唉，这一世才碰遇这样大的鬼！"张家的人却哭倒在惠莲的尸旁，静姑的妈却两腿不和身一致的往前窜，在寻找，在呼唤，战着嗓子在喊："儿呀，肉呀，……"

门外依然是细雨纷纷，山谷依然是在浓雾的拥抱里，村庄依然给烟云笼罩着，不好的风声又向别处传开了，空余着这可庆贺的“喜期”在他们的心中荡漾，迷茫！

（原载1927年10月《文学周报》286、287期合刊，选自短篇小说集《茶杯里的风波》，1928年6月，上海现代书局）

陈四爹的牛

一

有钱有地而且上了年纪的人，靠着租谷的收入，本来可以偷安半辈子的，但陈四爹不是这种人，他是以力耕起家，栉风沐雨，很知道稼穑之艰难的，世界一天天不对，每年雨旱不匀，佃户们若是借口减租，他的家产不是会倾了吗？于是，虽则他家里人手不宽，也孜孜的把佃田收回一部分，而且买了一条很对劲的黄牛预备好好的干一下。的确，牛是团转左右数一数二的：骨干很雄健，八字角也很挺拔，毛色嫩黄的，齿都长齐了，是条壮年的牛，可以耕几十亩田，秋来还可以宰了吃。人们很重视牛，尤其尊重这福寿双全实事求是的陈四爹，五十四岁还这般的努力！当黄牛成了交易的那天，谁都抱着羡慕的心情到他家去祝贺，顺便仔细的欣赏欣赏那黄牛。陈四爹和蔼的从草棚隔壁的牛栏里牵出那条牛，手在牛股上拍拍，显显它的架浪，又用鞭在牛背上轻轻的抽两下，探探它的彪势。

“怎样，没买上当吧？”他怡然自得探询着。

“好牛，彪啊，身段啊，处处都好！”人们齐声赞扬着。

陈四爹很快慰，客人走了，他还在牛栏边立半天，痴痴的瞧着牛有悠远的思虑：五六年前也是买了这末一条，它担任百多亩田，一点不费事，家业瞧着瞧着就隆盛，这全是它的力量！耕了四五年田，后来把它宰了，光是皮卖了九块多，肉是卖了三十几。于今这笔款还存在人家手里，利上糊利，已经不是小数啦……在他的想象中，栏里的那牛的轮廓在他的眼里就如银幕上的影像飞快的在扩大，牛身上的肉像海波一般的汹涌，旋旋转转的牛毛都幻成了无数的黄金。

现在陈四爹有的是工作啦，别的不说，单是牛，他得早晚陪它到嫩绿的山林去散步，到怡情的溪边去漫游，有空还在田边割上担把青草回来，作它整夜的储粮；天暖时，他请它到竹山的荫处，替它洗洗身体，用刷子理理它的毛；又怕牛栏脏湿，有碍卫生，他时常替它换枯草。每天除水草的供给外，还将豆磨成细粉和着剩饭给它吃。若是它睡得不起来，他就担心它害了病，即刻将情形报告牛郎中。晚上它偶然叫几声，他也得爬下几回床的，一则怕它饿了，二则也怕偷儿打主意。

老婆说："七老八老，也该人家服侍你啦，还辛辛苦苦去孝敬畜生！教莫也请个看牛的！"

他惊骇的答道："你别发痴了，请个看牛的！——看牛的吃不吃饭，要不要工钱？哼，省下这点嚼用又可以买进一条的！当年起家不都是这末办的吗？——这算什么？我于今还昂实！"

"可怜的活祖宗呃，教莫也识破些！这几个钱也去省他！要牛子不吃草，又要牛子好，是没有的事！——你看前面矮蹬蹬的不是猪三哈来了吗？我想起来了，猪三哈这人怪可怜的，只要有饭吃，有房子住，随便什么他肯干。这年纪也得修修福，是不是？他向我说也不止一次啦。……"老婆一大串的烦着。

"啐，他看得一条牛下吗？那副没骨头的样子！"陈四爹牙巴一裂，眉头一皱的说，但眼珠朝上翻了两翻之后，觉着修修福也是人干的事，他还没有一男半女呢，于是勉强答应了："如果只管吃，只管住，就让他试试也行。只是我单怕他反而把我的牛弄坏了。”

“那是不会的，你就嫌他这样没能为！”

二

猪三哈本叫周涵海，因为种种的缘故，他的真名姓从人们的口里滑啦。滑啦之后才补上一个“猪三哈”。

他是矮胖的个儿，饱满的脸盘和永远带笑的肉里眼与人接谈时，很有鬼子婆牵着的那常常摇尾的巴耳狗的风味。他许是长毛的余孽吧，蓬乱的头发老是从脑袋顶团团的披下来，罩齐了眉，远看他的全景，就像一堆烂牛屎；不过涵海究竟是涵海，他有特具的和蔼与吓吓的笑声。在溪镇，他有几亩良田，五六间瓦屋，又讨了个比他好看的老婆，自耕自食，本来不必替陈四爹看牛的。

邻近有个周抛皮，以同姓的关系在他家里走动得很勤；一来二去，竟“涵海嫂能干”，“涵海嫂贤慧”的给涵海嫂瞧上了，涵海田事很忙，简直是在泥水里过日子。于是波澜渐渐在他的小家庭里荡漾起来啦：从这时起涵海嫂就染了一个坏脾气；爱使性子，涵海无论怎样也不惬她的意。她常对着他指鸡骂狗，杯盘碗盏无缘无故在她手里奔奔跳，拍拍响；尤其当他晚上上床睡觉的时候，她不知从那里找来的由头，动辄翻江闹海的咒：

“你个死东西呃！———身膨臭的，教莫死到河里去冲一冲，懒尸！这副模样也配上床来享福呀！——滚，滚，滚，——赶快给我滚开些……”

涵海很中意他那老婆，事事体贴她，尤其感谢她每天替他烧饭洗衣。平时晚上给她骂几声，敲两计，他好像是应该受，甚至跪上三两个钟头的踏板也情愿；至于始终不准他上床是罕有的事。这于今怕是自己有什么得罪了她的地方吧，有什么事不称她的心吧，他得原谅她，责备自己，伏在床沿连连打自己的耳巴，诚虔的哀恳着。但是床上只有劈拍的声音，这自然是无效，他知道，于是他赧颜的走出房，重行洗洗手脚，弹弹衣服，甚至再洗一个澡，像偷香稻的小雀子，脚步轻轻的踱进房，探着形势还想望床上爬，口里审慎的烦着他能力所能创造的抱歉求饶的句子。只是床上还是一片撞打碰统的声音，弥漫着战场一般的杀气，弄得他进退两难。寂静了好一阵，懿旨才颁下了：

“莫在这里讨厌咧，贼骨头，惹起了老娘的火可就——”他又知道老婆在盛怒中，他想不出自己的过失在那里，赔罪的方法该怎样，弄得不妙反而气坏了她，于是他就恋恋的退出来，仔细的揣磨了好久，这才另打睡觉的主意。即令有时能得她开恩，可是他上床之后就像钉在床板上，丝毫动弹不得的。

往后的形势更加严重了。他每天工作回家，桌上摆着的是剩饭残羹，厨房里是冷火秋烟，脏衣服脱下来，臭了，烂了，也没人管。他心想怕是她害了病吧，每回瞧见她懒洋洋的不快乐，或瞧见她愁怨的躺在床上，他像失了灵魂一般，不禁就一阵心酸。殷殷勤勤的服侍她，也不敢动问她究竟是怎么一回事。

邻里渐渐流传关于他老婆的谣言，他装作不知且自信自己有田产，有房屋，抛皮是光蛋，老婆决不会爱光蛋，虽则抛皮比他美，身体比他高大。有人提醒他："喊，听说抛皮昨晚在你家里……"他回答说："未必吧？"于是旁边人动怒了："'未必吧'呀，你鬼闷了头哟，猪！"

"猪。"他猛省了一下，默念老婆近来对他的情景与抛皮常到他家里盘桓，吃现成而且大摇大摆的，于是忧郁笼罩着他了。他三番两次相找着破缝，一鼓作气把老婆收复，把抛皮赶走。他常由田间怠工回家，常常借口到远一点的地方去又从半路上赶回，但不曾发现过一次。

是玉山庙赛会的一天，溪镇的男男女女都去瞧热闹，他也跟着。在路上他隐隐约约听见相识的人们在他后面讥嘲："真是个混沌的猪，戴了绿帽子还有脸看赛会！"他又瞧见许多人对他表示轻薄的样子，他就闷了一肚气回来了。他由老婆房里走过时，听见里面有一种不堪入耳的声音，他惊慌的向窗隙里去窥看。"呸，这下子给我找着了凭据了。妈妈的，正式夫妻还没有这样子，这才教气死人呢！"他默咒着，真气得热血倒流，顺手拐了一根扁担，咬紧牙齿，生龙活虎似的几下打开门冲进去。可是那两个东西早已下床了，老婆赤条条的张着两手用身子遮着抛皮。当他的扁担落下时，她一手接着，母老虎一般跳到他前面："干吗。干吗，你打死我啦，你打死我啦。"她向他迫着，即刻就哭起来了，叫起来了："你个没良心的呀，你个不识相的东西呀，你管得着我们呀，我，我，我活不了啦！"这一来倒把他吓住了，他从来没听见老婆这样对他哭过，虽则自己的怒气为她的积威所镇压，也实在给她的肉体麻醉了，给她的所谓"良心"征服了。他自问自己的样子赶不上抛皮，气力也敌不过他，他觉着过去的两三年里不知怎样能作她的丈夫的，那真是做梦，那真是委曲了她。她同抛皮真是相称的一对，他胜不过他们任何一个，他也忘不了她的以前的好处。这一扁担如果下得快，仇人没打着，她那柔嫩的肉体会变成肉泥，血花会纷飞着，悲惨的声音会渐渐的微细，渐渐的会寂然，室内会停着一具雪白而美丽的死尸，这全是他的无情的做作，他还活着有什么意义……电影似的一幕一幕在他的意识里开映，他的灵魂如陷落在黑茫茫的大海里，随着波涛转旋，脸色灰白了，泪光莹莹的，全身抖战了一阵，终于手里的扁担落了，他晕倒在地下。

从这以后，他没有再用武力解决这事的勇气，也没有那念头。老婆的举动是当然的，他得责备自己，顾全她的名誉。他只将固定的和颜悦色收起，将吓吓的笑声藏着。有谁叫你："涵海，涵海。"他哭丧着脸像丧了考妣一样沉着脸，点点头；有谁打趣他："喊，怎么，变了哈吧了吗，不说话！"他还是那样子。"喊，周涵海，你变了猪三哈啦不是？哈，哈，哈，猪三哈，念起来倒还响亮！"他还是那样子，似乎没听见，甚至于孩子们都胆敢这么取笑他，他也还是那样子不计较。千不是，万不是，总是他自己不是！这样"猪三哈"三个字传开了，不知道他的出身的，都叫他"猪三哈，因为念起来顺口，熟习，再根据百家姓上有姓牛的，他姓一下子“猪”当然不会错。于是，起初，“周涵海”“猪三哈”闹不清，终于“周涵海”失败了，湮没了，“猪三哈”却留在世上称雄！

“猪三哈”称雄不久，似乎又不合人们的胃口，大有变为“黑酱豆”的趋势。因为他不但丢了老婆，而且丢了家产。他不能够回家住自己的房子，吃自己的饭，虽则这是老婆和抛皮挟制他，也因为他不愿在这上面计较的缘故。起初，他能卖气力做零工骗人们一顿两顿吃的，终于为着忧郁，害病，咳嗽，身体一天一天虚弱下来，他简直是一个丧了灵魂的痴子，呆子，这就没有谁照顾他作工了。他流浪了，挨饿，受冻，囚首垢面，真是一身膨臭，像牛屎一样，而人们却有尊称他为“黑酱豆”的，这真出乎他的意料。老是这潦倒下去是不对的，但是身体坏了，干不了大事，他想替人家看牛，已经做过许久的梦了，世间牛虽有，谁肯给他看，于今陈四爹买了条牛，公然给他谋到手看牛的职务，这算交了运。

三

陈四爹的牛似乎是专为猪三哈而设的，当猪三哈上工的这天，他庄严的训诫着："猪三哈，若没有我，你是莫想到人家家里讨碗饭吃，在人家屋檐下安一夜身的，这你该知道！于今牛既是归你看，这算看得你起，你瞧，别人肯是这末办吗？你得知道好歹，做事勤力些，不能还像先样懒懒散散东游西荡的，是不是？于今米珠薪桂，谁肯饭白给人家吃，房子白给人家住？我得在先说明白，你听见啦没有？"

"嘻，嘻，嘻！是，是，是！"猪三哈欢天喜地的答应了，干瘦的脸皮皱拢来，连眼睛鼻子都分不清，来了一回"自古以来未之有也"的微笑。

"你不能只是'嘻，嘻，嘻！是，是，是！'呃！我得跟你约法三章：每天绝早起来，把牛牵到山里去，拣有青草的地方，还看那块青草多！这是一，海海海！看牛，看牛，得两只眼睛瞧着牛，那些草它欢喜吃，那些草它不欢喜吃，你得随它的意，它到那里，你到那里，不能只是抓着牛绳站着不动，眼睛只顾打野景！这样子要你看什么牛啊！海，海，这是二。到了十点多钟的时候，那时候工人都回来休息了，你才牵牛回来，还看牛饱了没，牛肚子大，得吃的多，是不是？到下午四点钟光景又牵出去，煞黑回来，这是三。海，海，海！还有，按时候换牛屎草，喂水，有空杀青草，忙的时候你得帮着工人到田里去耕种，总而言之，人是活的，瞧什么可做就做什么，用不着人教的，是不是？海，海，海！”

“是，是，是，这我能办，看好了牛，是，是，……见什么做什么就是。”猪三哈于今记忆力不强，冒了一把汗，才死死的记住总而言之的那句，凑成了一个完备的回答。”

“看着，我还有什么交代你的没有，……呵，你把你的身上洗洗干净，晚上就睡在下房里的窄床上，那里有席子有夹被，已经是三月啦，不会冷的。将来牛子看得好，给你做身棉袴褂也作兴！”

“嘻，嘻，嘻！”猪三哈喜得开不了眼睛。

猪三哈看牛看得直起劲，每天起得早，睡得晚，磨豆粉啊，换牛屎草啊，到田边杀青草啊，事事用不着陈四爹关照，田事忙的时候，他跟着工人做这样，做那样，弄得陈四爹没有什么可说的。虽则猪三哈还是那末瘦，那末的肮脏，而黄牛却一天一天肥壮，毛色干干净净的。每当猪三哈牵牛出去，牵牛进来，陈四爹总站在牛经过的路边仔细的欣赏，发福的脸上透出欢喜佛的微笑，但是他没有什么可说的，只说："猪三哈，牛身上怎么还有虱呀？总是一晌没刷噗！"猪三哈虽则触发了自己身上也有虱，但顾不得自己身上的痒，赶快拿刷子给牛刷。于是陈四爹又没什么可说的，便重温一回当年起家的梦：这条牛到秋天总该有二百多斤了吧？二十六块买进来，于今总可以卖三十开外，到秋天自然是四十几。这牛发头大，卖也不卖，杀也不杀，喂两年再说吧！许两年之后牛价会涨……有时候，人家来了，他又自得的探询着：

"怎样，你看，这牛比初买进来的时候怎样？"

"好牛，比先壮得多了，彪啊，身段啊，处处都好。"人们更加赞扬着。

猪三哈很得意，虽则他没被陈四爹赞赏过，没被人们赞赏过，牛总是他看的，这九十九分是陈四爹的福分，也是一分是他的力量。他想他于今抖起来了，他有了职业了，加倍的努力，加倍的努力，希望陈四爹发财，帮助陈四爹发财，陈四爹没有一男半女，作兴给好衣服他穿，给好饭他吃，请他睡到上房里去，甚至于给他娶老婆，比抛皮占去了那个还美，甚至陈四爹百年之后，他承受他的全部财产，这虽不能办到，但陈四爹发了财，至少他可以得点好待遇。当牛被陈四爹称赞，人人称赞时，他很想对陈四爹说弄件干净点的衣服穿穿，但一转念他并没帮陈四爹发大财，他终于不敢启齿，他吃的是陈四爹的，住的也是陈四爹的。

四

猪三哈满盼着好运的到来，但好运却远远的避开他了。他自以为有职业，抖，但看他那囚首垢面一身稀烂的样子，连孩子们都看不出他抖。人们对于他那尊称依然很厌恶，依然想拥戴他为“黑酱豆”。

每当他牵牛出门后，路遇着谁，总有关于“黑”“酱”“豆”的声音传进他的耳边，他于今抖起来了，他不怕谁，也不愿还像先前那末老实。虽则他是替陈四爹看牛，但陈四爹是溪镇数一数二的人物，势力大，自然，他家里看牛的也势力大，于是他估量着对手也在喉咙里叽咕了一句：“娘个大头菜。”不管人家听见没有，他总以为出了气，胜利了。胜利之后，就连人家当着他说什么“乌云”“泥泞”等等有关于“黑”“酱”的，他都骂着“娘个大头菜”。

有一次，“娘个大头菜”被人家驳翻了，说那很像他的蓬乱的头发，于是以后有谁欺侮他，他就改变方针，将牛拊在树上，拿着棍在手里挥舞，或打拳显显他的拳术，借此示示威。这许是他的身体虚弱，得了神经病！他从来没这样现丑过的，这纵能吓吓孩子们，大人们却越看越有趣，越看越好笑，更加逗他，嘲他，公然“黑酱豆”“黑酱豆”叫得特别的起劲。这够把他气死的，于是他哑然的忿忿的牵着牛到别处。再遇着这样难对付的事又牵牛到别处。有一次因为这缘故，他回家时，牛肚子是凹凹的，这逃不过陈四爹的眼睛。

“四碗，四碗，你记住，你的肚子饱了，可想起牛肚子是凹的？牛能耕几十亩田，你能做什么？它是活的！你知道肚子饿，它也知道不是。真是教不服的猪！”当猪三哈吃饭的时候，陈四爹在他前面站半天，一碗一碗的数着，一面骂。

猪三哈汗淋淋的低着头，一声不响，饭还在口里就忙着做别的。或在田边多杀些青草回，弥补弥补他的过失。但陈四爹永远不能忘记牛肚子曾凹过一回，他也就不忍让猪三哈的肚子凸一回。他固然爱看牛吃草，也爱看猪三哈吃饭。

“饭末，一个人两碗顶够了。酒醉聪明汉，饭胀死呆驼，其所以你不灵活末，全是饭吃多了散！穷人肚皮大，越吃越饿，越吃越穷！这是至理！海，海！像我，难道吃不下，难道没有吃，这原是不愿做死呆驼！其所以，海，海，海！一句话，多吃总是不好的！”陈四爹发挥了自己的高论，眼睛钉住猪三哈。

“是，是，是，嘻，嘻！”猪三哈汗淋淋的答着，为着怕超过两碗，口里嚼得也就很细密，倒是越嚼越有味。他相信有福气的人的话是真的，虽然只吃两碗有点肚子饿。

从这时起，猪三哈总是肚皮空空的牵着牛往外跑。饿极了常常挖出山芋充充饥，也常常为着吃山芋拉肚子，回数拉多了，躯体便缩小了越像颗豆，因而外侮也就纷乘起来了。

在一天下午，他牵着黄牛到山里去，不料对门山上也有两个看牛的，他们瞧见了猪三哈就高声唱起骂歌来：

对门山上有颗——呵喝呃——黑酱豆，

我想拿来——呵喝呃——喂我的狗。

对门山上有只——呵喝呃——哈吧猪，

舐着黄牛——呵喝呃——的屎屁股。

猪三哈听见了，呕得他喘气吁吁的，唱骂歌得有蒸气，嗓子尖，大，还得押韵，他的肚子凹凹的，那来的蒸气；他连话都说不上口，更何能押韵，于是，起首，他骂：“娘个大头菜”，或“化孙子”。但这声音传不过去，自骂自受；于是他打拳，跳，做种种的威武的样子，但这像玩猴把戏，更加使他们打哈哈，于是，他丢了牛，猛虎下山的奔过去。那两个看牛的有一个是看抛皮的牛的，他认识那条牛，也认识那孩子，因而他不顾一切的追去。但是等他到了对门山上，那两个孩子又在另一座山堆上唱起骂歌来：

桐子树上——呵喝呃——好歇凉，

对门牙子——呵喝呃——没婆娘！

看我三年四年——呵喝呃——讨几个，

咧咧啦啦，——呵喝呃——接你的娘。

这真骂在猪三哈的心窝上，过去的悲哀兜上心头，几乎把他气倒，他哭丧着脸，一蹬一蹬仍然向着歌声的来处追去，晕晕沉沉的不知路的高低，也不知山里有荆棘，他滑跌了，手脚刺破了，还是鼓勇向前追去。然而等他追上了那座山，那两个孩子又在另一个山上骂：

对门牙子——呵喝呃——矮呀矮，

不是我的孙子——呵喝呃——就是我的崽。

对门牙子——呵喝呃——跑路蹬一蹬，

我睡你妈妈——呵喝呃——乐而融。

猪三哈听着刺心的歌声，望望悬崖叠嶂的山谷，心想再追上去，然而身体实在虚弱了，肠胃辘辘的在哀叫，手脚一画一画的刺伤了好几块，血痕斑斑的。他的气馁了，忽然念及自己的牛，他即刻舍了他们，咒着，恨着，噙了一把血泪，昏昏茫茫的向原先那山里走去，万般凄切在交攻着他时，还隐隐约约听到远处的“有歌去，无歌回，……”的奚落声。

好容易折回了原先那座山，然而睁眼一看，黄牛不见了，团转左右一寻，仍然不见，他慌了，已经是夕阳西下的时候，难道牛吃饱了，自己走回去了吗？他偷偷的跑回来一看，牛栏是空的，幸而陈四爹没瞧见他，他飞快的又走到山里去，穿谷过坳的寻，“无门丫，无门丫”的喊，但是渺然无迹。深山中渐渐铺罩着一层黑幕，星星渐渐在天空闪烁，芦苇丛中似乎有牛的悲鸣声，也有金钱豹的吼声，猪三哈绝望了，恐惧了，只好走下山到田野边，河池边，凄愁着，徘徊着。

“管他，回去再说吧！唉，但是，陈四爹怎样爱他的牛啊！在平常，我挨过他多少的骂，于今空手回去这当然没有我的命。不回去吧！在那儿度夜呢，明天怎样见人呢！天凉了，夜深时不冷吗？我身体虚弱，咳嗽，而且肚子也绞饿，这怎办呢？如果牛还健在，明天寻着了，还可以见陈四爹的面，不过挨一顿骂，或一顿打，开除我或不会，但是，好像黄牛悲叫了几声，那怕有点不妥当吧！”

猪三哈想来想去的打算，始终想不出办法，越挨越夜深，他就忍着饿，两手紧抱着身子一蹬一蹬的向陈四爹家走去，侧着耳在大门口静听，陈四爹大厅上蹬脚捶胸的对着老婆骂：

“我早就疑心他是贼骨头，靠不住，妈的，你定要收留他，好啦，好啦，于今牛给他偷走了。到这时还没看见回。请大家去寻，天黑了，夜深了，向那里寻去。都是你这死婆娘误我的事。海，海，海！明天牛如果还在这里，猪三哈我也不能再容他的。如果牛不见了，只要找着了那贼骨头，是不放手他的。……”

猪三哈听着，渐渐神经紧张起来，他抖颤着，又一蹬一蹬的两手紧抱着身子走开了。东走西走，不知不觉走到他自己的屋门前，他心里一跳，想起了老婆于今不知是怎样了，于今不知还同抛皮要好不？她心中还有我周某不？他怯羞的走近门，贼一般的去窥探，里面传出一阵一阵谑笑声，唧唧哝哝的情语声，但那不是抛皮的声调，却像曾经嘲笑他戴绿帽子的那人的声音。于是他的身子又抖颤着，眼泪汪汪的在门上亲了两嘴，紧抱着身子一步一回头的向田野的僻静的池塘边走去。忽然，他在池边站住了。他瞧着池中闪耀的星星的倒影，默察着池水的幽静，肠胃咕噜咕噜响了两下，寒风在褴褛的衣衫里一来往之后，他抖了两抖，就把手朝上伸直了，仰着头让眼泪遮住了世间的一切。“牛丢了，真对不住您啦，陈四爹啊，我在这儿祝您往后福寿双全吧！妻啊，我去了，你好好的去寻快乐吧！人们啊，世人不再有猪三哈，黑酱豆供你们玩笑了！”

池水激荡了一下，随即就平静了。

五

第二天清早，陈四爹到处托人找他的牛，顺便也探探猪三哈的踪迹，他以为找着了猪三哈就可找回牛的。

在山里，人们按着牛的足迹，渐渐发现了血痕，终于在深谷的芦苇丛中，找着了黄牛的尸体，头上一个洞，腹上破裂不堪，不是一个完全的尸体。他们叫啸着：将牛抬到陈四爹的门前。陈四爹得了凶信，说不出话来，只垂头丧气的冲进冲出要寻出猪三哈来质问个究竟。一会儿又痴痴的瞧着那黄牛叹气，嗓子有些发颤，牛身上的撕出的肉就像他自己的，牛毛就像千万颗针在他的心上刺。

“唉，该，该，还能卖，卖十几块钱的吧！这点皮，肉！……猪三哈，这，这，这畜生……”陈四爹怅怅然断断续续的骂着，老泪纵横的。

黄牛的噩耗传开了，团转左右的人，老的，少的，拖儿带女的堂客们，那些尊敬陈四爹又羡慕那黄牛的，于是都走来安慰安慰陈四爹，而且挂着浓厚的愁容围着这不幸的黄牛的尸体：“好牛，彪啊，身段啊，处处都好，唉，真可惜！”

一九二七，一二，七日深夜

（原载1928年2月《文学周报》304期，选自短篇小说集《茶杯里的风波》，1928年6月，上海现代书局）

美的戏剧

大田乡火神庙的戏已经演到最后的一天了。

秋收后，人们全有工夫去看戏，至于秋茄子那裁缝，不用说，热天，人们欢喜打赤膊，既用不着他做衣服，他又不能改变行业使自己成天忙；缝纫固是他的特长，然而天杀的大田乡的女人近年来竟自都能动起针线来，他那个“长”也就不怎么“特”，所以，倘使火神庙的戏整年的唱，他尽有工夫整年的看。

班子是从平江接来的，花了不少的钱，朝钱上看，戏剧定规是极美极美的，然而大田乡人却审不出其中的美，惟有秋茄子。当台上正演着一出《打龙袍》的黑头戏时，已经上午十一点多钟了，扮演过的戏子先先后后在台边的走廊里吃饭，而观众们却用油团包子之类的东西去果腹，只有秋茄子像着了魔似的尽敞开喉咙对那黑头嚷：

“好哇——好——哇！”

他喊厌了，就抽空鼓着掌，好似他的心头横亘着一个问题；一静不如一动，这鼓掌叫好也像对于他那问题多少总有点帮助似的。不过他所得的帮助除那黑头对他瞅了两眼之外，便没有旁的。于是他愁肠辘辘的不免怀疑着：我和他不认识，尽鼓掌叫好有什么意义呢？……于是他灰心了，不去理会那黑头唱的戏，就急切的和一个乡董周旋着：

“喝，周家二爹，这晌人健吧？——今年府上的收成总算不错的，听说也有七成哈？好福气！”

周家二爹的回答是：“嗯，嗯，好，好，那里，三成还不到，说不定到冬上就会挨饿呢？”他那严峻的脸虽对着秋茄子，眼睛却看着台上那黑头，摸胡子。“你老人家也来啦，哈哈，坐轿子来的吧？福庭四娘姐？”秋茄子很机敏，马上又换了方向对一个老太婆说，而且顺手逗逗她身边的孙男：“好脚色，已经进了洋学堂了吧，穿着新竹布褂裤，好个漂亮的公子少爷啊！”

那福庭四娘姐也全不理会这赞颂，硬绷绷的把话顶撞他：“你不要惹他哭，秋茄子，这孩子吵起来是没有高低的噢！”

但秋茄子仍然不死心，又向一个农夫瞎扯着：“喝，雨青哥，你来了，我说，是喽，你一定会来的，呵，好，好极啦！听说你的猪婆下了一窠崽哈？真是，一下就是十三只，再过两个月又是百多块钱的进场啊！”

“猪是下了一大窠，可就没有东西喂，如今粮食贵啊！”那农夫做了半个笑脸走开了，生怕秋茄子这臭虫爬上身。

颇失望，身子转过半边来，秋茄子的那苦笑的脸即刻沉下了，好像堆了满天云，非常惨暗的。他像从冰窖里走出来，用得着到热火边去烤烤，就往人堆里一挤。他觉得和这些熟识的人，比他资格高的人去应酬是徒劳，离心中所待解决的问题相差得太远，他很灰心的想就此走回家，又觉家离火神庙不近，也觉家就带在他身边，家是除自己的五官四肢外见不到旁的，再三思索，觉得还是看黑头戏的强，那黑头虽和他很陌生，究竟还亲自瞅了他两眼呢！于是当那黑头唱完一节，他又热衷的嚷着：

“好，好，好——哇！”

不久，那黑头卸装了，退到走廊里，躺在床上抽大烟。秋茄子瞧准了，就慢慢地踱上楼，斜倚在栏杆上，走几步，歇一会儿，最后在那黑头床前的栏杆上伏着。那儿，在戏场没有身分的人谁都不敢站，因为那差不多是戏子的辖境，既便于看台上的戏，也便于看戏子画脸打扮，而在另外一种人，却可以闻闻鸦片或饭菜的香气，那简直是个形胜之地。秋茄子就占领了这形胜。

他耳朵好似极专诚在看台上那个花旦演的戏，眼睛却时时溜着躺在床上的黑头，不屑和先前一样对乡董们那末和颜悦色的，只把个傲慢的样子尽量排出来，因为那黑头这时也真讨厌，只顾自己慢通通的弄烟泡，全不理会他和搁在床的箱上的饭菜，正是吃饭的时候却不起来吃饭，从烟雾里透视过去，在秋茄子的眼里，那黑头简直是个出奇的怪物。那黑头费了二十多分钟才抽完两口烟，过足了瘾之后许久，才不死不活的灌了两口茶，闭着眼躺着不动，好像灵魂归了天，一直等到灵魂又回来了，徐徐张了醉迷的眼，偶然向他瞟了一下，瞧清楚了那站在床前的是他，秋茄子，而且似曾相识的向他微笑着点点头之后，秋茄子这才折节的装了半个笑脸，勉强和那黑头搭讪着：

“累了吗？”

“还好，还好，请坐！请坐！”

那黑头挣扎着爬起来，打量了秋茄子一下，就透着点儿亲热招呼着，但秋茄子依然冷静的不大理会人，他知道一味对人谦恭也不中用，在周家二爹，福庭四嬢姐那里已经受过教训了。彼此沉默了一阵，最后还是那黑头找着话源开始说：

“先生对于戏剧也很内行的噢！”

在秋茄子那多年训练成功的驼背，那纸白的脸，那咳嗽，与乎言谈的神气，虽然够得上称“先生”，实际，这“先生”也是在他能对于戏剧鼓掌叫好的劳绩上奉赠的，现在既出乎意料的被尊为“先生”，这先生就不能不慎重点儿又让雇主儿溜了，因之他又稍稍和蔼点儿回答道：

“好说，好说，不内行，我们乡下人一年也难得看一两回戏，不过我还欢喜看戏就是，这儿每年唱戏我总在场的。”

“既然欢喜看戏，这不消说，对于戏剧定规是很内行的啦！——那末，先生，你说今天的戏究竟唱得怎么样？”

那黑头俨然遇了知己似的，假意的探询着，希冀再听一回掌声或赞颂。秋茄子也觉着这倒是一个生意经，他庄严的沉默着，眼睛朝上翻了一下，抿一抿嘴说：

“今天的戏吗？——唔——我不敢说，总算还过得去吧，——在别人看起来呢，自然，像我们这样的穷乡僻土，能化上六七百串钱请班子唱戏，那戏定规是极美极美的，何况贵班在平江乡下很出名，接都接不到，行头又崭新崭新，使人一见就知道红是红，绿是绿，不会错。这不算，这样齐全的班子听说又还在省里攀来了两个脚，当然是没有缝眼给人说的，但是就我一个人的看法，以为这几天所唱的戏也只算还过得去，不过我得说明白，今天唱的那出《打龙袍》却两样，唱得特别好。”

那黑头起首脸色很难看，等到听完秋茄子的话，才又高兴了问：

“呵——就只那出《打龙袍》唱得好啊！——那末，这出戏里的角色你说又以那个唱得顶好呢？”

“这自然是那个扮包龙图的黑头喽，他是主角啊！”

那黑头微笑了一下即刻又睁着眼矜持的问：

“那末，那个唱黑头的好处究竟在那里呢，我又要请教啦？”

“这个请莫见气，我是外行，我对于贵班里的人是谁也不敢得罪，我说那黑头唱得好，实在是凭良心，并不是信口开河的，”秋茄子神经很紧张似的带着辩护的神气愕然的瞧着那黑头。

“不要紧，你尽管讲好咧！”

“是真的不见气？——那末我就老实说吧，——比如《打龙袍》这出戏，顶难做的是包龙图，这是谁都晓得的，你想，他要在仁宗皇帝同李太后中间去圆通，一个是当朝天子，咳咳，——”他咳了两声，“一个是瞎眼的叫化婆，要他们认娘崽，这不是笑话，这不是惊天动地的事体？——呃——究竟是青天宰相啊，一上一下，他能够弄得周周到到，服服贴贴！你看他对仁宗皇帝那样下苦心去讽劝，对含冤十八年的李太后又这样耐得烦去访问，相信她，怜惜她，最后太后回朝，要责打仁宗啦，他又想出个打龙袍的法子来，这计策多好啊，两面都敷衍得过；哼，这样烦难的戏，那个黑头他就处处都能照顾到，描摩得活象，又细心，又圆熟，咳咳，——”秋茄子人咳着，并且摇着头用手拍着大腿说：“唉——这种做工才是入神入化的！”

“还有别的好处吗？”

“不要忙，我的精神不大好，请让我慢慢的讲，——再说，他那嗓子，唱得极多高，极端大啊！——这样放势的唱，没有一点沙喉咙夹杂在里头，这才叫做真喉咙，很难得的；唱别的还容易，唱西皮快板的黑头戏那的确要中气足，”秋茄子讲到这里，顺手拿着箱上一双筷，在桌上敲了一下，“你听那黑头唱的字音，哈——妙透了；”他没有方法表示那字音，就将筷在饭碗上敲着拍子一壁唱，“‘忽听万岁——宣一声——辰州——来了——放——粮——臣——撩袍——端带——，哈——个字一个字交待得多清楚，多响亮，我们乡下人就从没有听过这样好的戏，南边人唱京调，别的不说，单是字音就闹不清，比如‘岁’‘宣“辰’这些字眼，都是南边人唱不出的，——‘放粮臣’三个字，哈，你看，唱得多干净，多挺硬！前——咳咳咳，前——”秋茄子又大咳着，吐了一泡浓痰才把话接上，这是他临时发明的句子:“前年我记得也唱过这样一出戏，哈哈哈，那真笑死人，他们唱的既不是京调，又不像土调，他们是浏阳班子，先生，不瞒你，那回若不是我在场，他们定规要吃亏的。也不知怎么弄的，那黑头漏了一句，看的人就起哄，草鞋片丢上台，个个口里只喊打，末后，若不是兄弟，先生，您猜那会成个怎么样的局势？连庙里的执年都压制不住呢！这群爱捣蛋的地痞们，个个挥拳擦掌要奔上台，哈，真凶险得很，若不是兄弟出来的话！您猜怎么弄的？兄弟看神气不对，就几步赶上楼，仿佛也就站在这儿吧，”秋茄子用筷子向楼下指着，一手拍胸脯，雄赳赳的接着说，“这就是我，兄弟，——我挺出来对他们骂道：‘喊，你们这群化孙子，你们问问良心看，戏是给谁唱的啦？戏是敬菩萨的啊！哼，菩萨还不曾开口，你们倒挥手动脚起来啦！成什么事体，你们这群欺神骂像的东西，定规要遭雷打的！’哈哈哈，这一来，他们才静下来了。——唔——我说到哪儿来了？——

“呵，讲的是前年那个黑头唱错了戏，是的，那本不成话，咳咳，相比见高低，所以我说，今天这出黑头戏的确是唱到了家的。其余做工啊，台步啊，那是不用说，都很美很美！”

“总也有一点毛病吧？”那黑头虽是一惊一喜的却依然富于兴趣的接续问。

“就只一处地方乱了板，但那是弦子跟不上，不能怪唱戏的人的，——我是乱说一百几，请莫见怪啊！”

“那里，那里，戏本是唱给人听的，演给人看的，没有人在旁边指教一下子，戏是难得有长进的。”

“是的，是的——不过我是不大轻易讲人好话坏话的，也不爱讲，——不过，今天这黑头却的确唱得好，听说就是他，还同一个花旦是从省里下乡的呢？到底是省里来的脚强啊！可惜不知那——”秋茄子欲言又止的犹豫着，随即又改口说：“喊，先生，你是唱什么的啦！”

“过奖，过奖，吓，吓，吓，兄弟就是那个黑头。”那黑头笑嘻嘻的站起来，鞠躬如也的伸着两手欢迎着秋茄子先生了：“你先生也抽烟的吗？吓吓，不客气啊，请——真的——”

“呵——”秋茄子用筷子在箱上重重的打了一下，睁大了眼睛，伸长了脖子，拖长了尖锐的声音，震骇得魂飞魄散似的嚷着：“就是你老先生啊，——那真了不得，——说人人到，幸而我没说别的，哈哈哈！”

“没有什么，没有什么，吓吓，来吧，抽两口吧！”

“不客气，不客气，烟，我不会抽，——呵，就是你老先生，那真了不得！”

“怎样，抽得玩啊！”

“不客气，烟我不会抽，可是——这儿离家很远，懒得回去，您这里的饭，我倒是——”

“啊，还没有用饭吗？好，好，有的是，没有菜，就请随便用。”那黑头盛了碗饭给秋茄子，自己也盛了一碗陪着吃。

“呵，——那真巧极了，那唱黑头的就是你老先生，哈，真难得！”

秋茄子那满含着饭的口冲出这最后的颂词时，偶一望望走廊底下的观众，周家二爹，福庭四娘姐，以及许多的脑袋都向着他仰着，再望望戏台上，那儿却已歌沉响绝了，原来最后一日的上半天的戏收锣啦，于是，他不免感慨系之的便又补了一句：

“唉，好戏，唱得真好，很难得，照我的意思，这样的班子应该接着演下去才对的。”

一九二九年国庆日作

（原载1929年11月《新文艺》月刊第3期，选自短篇小说集《出路》，1934年1月，上海大东书局）

牧童的过失

是暑天，每天下午一放学回家，荷牙子就给他阿爹逼着去看牛。讲起来孩子们总以为看牛比上学好十倍，其实也正是他们不知道看牛的苦处。你想，他还只十岁年纪，当然赶不上阿爹那末老练，要看蛮大一条角叉叉的牛，不骗人，牛子虽然不曾对他暴虐过，但他假若不借那枝大马鞭的光，他也许怕它比怕阿爹还厉害，况且又是一个人，要到远处的山边水边去，天煞黑才回来，而他那小脑子里又有的是山神水鬼的故事，所以他不免常常起着非分之想——他少不了一个伴。

和往常一样，一天，他把牛子从栏里牵出来，只想在屋前的塘坳边延捱着把时间度过，和往常一样，他看见他二嫂在塘边洗衣，看见在塘边树荫下织草鞋的隔壁的细毛，也看见在大门口待着的细毛的堂妹成妹子，这些，他全不在意，只顾慢慢的牵着牛子沿着塘勘走，不过有时他也看看他们的。细毛呢，一双眼睛专门瞧着他二嫂也能织草鞋，这种本事他当然很佩服，至于他二嫂呢，老是那件衣在水里摆来摆去，洗了半天还是那件衣，那他就有点瞧不起她了，往常他二哥在家时，他从没见过她把一件衣服洗得这样仔细的，而且他们的谈话也真使他听不懂。“怎样，我来的啦！”细毛皱眉谄笑着说。他二嫂总是低着头不响。“怎样，答应了吧，我来的啦！”“你来你的，关我什么事！”他二嫂红着脸带笑着说，她好像呕细毛不过。荷牙子这样想：这算什么呢？来不来有什么希奇的，这样的装鬼脸！细毛如果对我说，我真是求之不得啊！但他不对我这样说，真奇怪！……还有成妹子也使荷牙子心里很奇怪，她在大门口呆呆的发傻，她不曾对他的看牛表过同情的，这时她瞧见他，忽然跳蚤似的跑拢来捱着他，手里捏着个芝麻饼，在唇边舐一舐又拿开，生怕一口吃完就一辈子吃不到第二回似的，眼睛笑眯眯的瞧着他，偏着头，摇摆着身子说：“我同你看牛去好不好？”

“你肯同我看牛去，这才奇怪啊！——你妈不骂吗？”“不骂的。我二叔，不是我爹昨天朝南岳去了，今天我二叔就来了，他同我妈坐在床上讲私房话，我妈不许我听，就给我一个芝麻饼哪，……”这女孩把那饼来回翻转来看，接着说：“她叫我到外头去玩，我一出房门她就把门锁了，是她自家叫我出来玩的呢！”“呵，这就最好没有，那末，我们就到毛家坝去，毛家坝水只这末深！”荷牙子欢喜的做了个手势，“那里的鱼才多呢，昨天我同上屋宝牙子到那里捉了好几个，柳条儿穿着提回的，这末长一串！”荷牙子又做了个手势，虽则他极盼望她同去，但他可不是对她瞎吹牛。成妹子就牵了他的手笑着跳。

“我也要同去，我也要同去，唔——”他弟弟听见要到毛家坝捉鱼，马上丢了手里那石子，从屋里奔出来，抱着他哀求。

“要去就去喽，你只不要吵就是。”

“好，我不吵！”

荷牙子总算走点运气，原先他只想找个把人同去就行，于今有了两个，而且都是自己找上门的，于是他们什么都不管，急忙的出发。

七月的太阳虽然到了下午四点钟，还是火一样烧着，而且路上的沙子也像炒得热烘烘的栗子；不过他们虽则全是科头赤脚，也并不在乎，因为他们在路上一点不停留，牛子要馋嘴，他们总不许，以为毛家坝有好草，有好水，尤其有好鱼，到了那里，不就彼此两便了吗？牛子也像知道他们的好主意，并不怎样的执拗。

一到毛家坝，荷牙子首先把牛绳随便的系在草地的一株小树上，其次就是他自己，匆匆忙忙把身上的褂子剥掉，把裤刮下来，丢在沙上，几乎要把它扯得稀烂，再从老远老远的地方排了个阵势，嘴巴把气封足，开始狂奔着，奔到坝边，纵步跳进水，扑通一声，水沫腾上三四尺高，人沉在水底，他还故意攀住水底的泥泞硬要两三分钟久才浮起，他仿佛要那样才对，要那样才算过瘾，因为水里也实在比岸上凉快得多啦！并且不使得成妹子见了，对他弟弟这样叫喊道："哎呀，你看他哟！"那有什么趣味呢？她既是头一次同他来看牛，他应该做点花样使她看得第二回还想来才是。

再次是荷牙子像耍太极拳一样，把坝底的泥沙闹得翻起来，水浑了，鱼儿躲藏了，看不见人，他才动手捉，一面叫成妹子和他弟弟在沙上掏洞，掏得见水，然后将他丢在沙上的鲫鱼，寸把长一个的养在洞里，成妹子才八岁，他弟弟才六岁半，他们干这种事业也颇能胜任。

摸一阵鱼，玩一阵水，玩累了，荷牙子就躺在水边把沙子将自己藏埋起来，他弟弟和成妹子也帮着经营这丧事。在平常，他一个人牵牛到那里时，他未尝不想真正葬在那沙里的，可是这时候啊，他全不那样想，他只静静的闭着眼躺着，让他们去葬，等沙子堆满了，他一翻身跳出这坟墓，而且滚到水里大活而特活了，不但如此，他活得更起劲，在水里他还来点俯游仰游等的花巧，有时全身潜在水底还能爬行三四尺远，多自由！多有趣！

“我也下来。”成妹子看起了兴头这样说。

“你下来喽，水里多末凉快啊！”

“好，我把褂子脱了！”她把褂子脱了走到水边，说：“真好玩哟，水里，我把沙子替你塞了水口，省得鱼儿逃出去，好不好？”

“只要塞得住，有什么不好！——成妹子如果鲫鱼捉得多，我们一人一半！”

成妹子捲着裤口蹲在水面用沙子塞水口，荷牙子的弟弟也相帮她，水口塞好了，她就在水边捉虾子，只须捉到一个死虾子，她就自以为能干，很起劲的捉下去，她忘记她的裤子那时并不曾开口，以为还像先前一样，只一蹲下去就能把肉屁股露在外头的，她尽蹲在水面妄想再捉个活虾子，好一个波浪来，并不算怎样大的浪，就把她的裤裆荡湿了，加之荷牙子玩水时所打出的水沫落在她身上，就够把她的裤潮湿得有个八开的，何况她还不留心！荷牙子曾看过成妹子撒尿，他以为她和他们男孩子的不同，就只少了那点点，那有什么稀奇的，于是他提醒她：

“成妹子，你索兴把裤子脱掉吧！”

“我也脱掉裤子啊！……哈，我不，我怕蚂蝗，蚂蝗钉在脚上要出血的。”

“那末，你的裤子不是全会弄湿去吗？”

“我不怕，只要一会儿不下水就会干的啊！”

荷牙子也就不去再管她，随她怎么去弄，她后来把屁股全浸在水里，但也摸不着活虾，连死的也没有，她就在水边玩，后来她竟试着往深处走，水没到脚膝，她就不敢再往前。他告她顶深的地方也不过齐胸腹，也没有蚂蝗，又教她怎样玩，他能仰着在水面玩，只两脚动一动就不沉，又故意两手伸出水，或抱着身子，或捏着小鸡鸡现本事，但成妹子却不敢照样做。

她两手撑在沙上，弯着腰，两脚轮流打着水，像山羊走路，渐渐的她胆大了，公然把身子浸在水里只剩出个头，打得水点跳上来几尺高，像成妹子这种游泳法，荷牙子的弟弟也会的，也伏在水边凑热闹。小坝里有了三个这样的人物，真是天都闹得转，水珠像雨点一般不绝的洒在头上背上，真清凉!

孩子们的毛病就是不知天高地厚的尽管自己乐不顾大人忧的，好，久之，事情发生了，蓦地，坝边上巍然的耸出个成妹子的妈和荷牙子的二嫂。

“哎呀，你们三个畜生在这里啊！——成妹子，你这杀千刀的，不要脸的婊子，你也学男孩子样玩水啊！——我什么地方没找到，你这死鬼，还不给我死上来，我揪你的皮？”

晓得他们是几时到坝上的喽，成妹子的妈骂了一阵他们才知道。荷牙子吓了一大跳，即刻走上岸穿衣服。其余两个也跟着走上岸，颤抖的提着衣，身上湿淋淋的。一看太阳，太阳在山那边，只向他们露出半个脸。一看牛子，牛子不知怎的不见了。

“荷牙子你这死鬼，你把我成妹子骗到这里玩水啊，你这不爱脸的东西！没教训的野种！”

“是她自己要同我来的，我又没有拖她来。”

“你没有拖她，难道你就听她玩水啊！这才出了你祖宗三代的奇啊！我没看见过这种刁家伙！”

“她自己要玩水，怪得我啊？”

“何得了，你看这畜生，”成妹子的妈直急得在坝上蹬脚；“荷牙子你要强，我定规回去告。”

“你回去告好咧！我不怕，不是我拖她来的！”

“你不要同他讲，他一向是这样顽皮的！”荷牙子的二嫂也在旁帮嘴。

“定规告，哼哼，你妈早就在门口拿着棍等着啦，——我才看见这种狗婆养的孩子，这样大，有脸带女孩子玩水！——走啊，成畜生，你还望着人家作什么？你死了自己的脸，也把我的脸丢尽了！你，你还不赶快给我罩起那件皮！”

那婆娘的脸好像真为这事气得发黑似的，她那肥胖的胚子软洋洋的堆在坝边上，连步子都走不开，好像要倒下的样子。这样没有精神而她的巴掌却力气足，一阵一阵在成妹子的脸上背上挥，打得她简直来不及接连着哭，她叫一声隔半天又叫一声。

“你还跟那个死鬼玩水不？你还跟那个死鬼玩水不？你这小娼妇，你还哭！”

巴掌又一记一记在成妹子身上打，走几步，打几下，好像就这样一路干回去的。她还说：“要是你爹在家啊，哼，他定规制了你的命！”不但如此，她还走几步又转过脸恶狠狠的对着荷牙子做手势，撩牙暴露着，真容易令人联想到她们晚上歇凉时对他说的那吃人的僵尸。他弟弟是哭丧着脸跟在她后面。

那时荷牙子简直痴呆了，她怎的骂他，怎的唬吓他，他全没注意，他只觉得自己有点对成妹子不住。当初没有阻止她，以致吃这样的苦，也觉得是她自己该倒楣。他想：她妈好好的叫她出来玩，怎么又恶狠狠的把她打回去？难道那婆娘当初只顾自己跟她二叔叔关着房门讲私房话，于今私房话讲完了，反而说成妹子出来坏了吗？早知如此，哼哼，我要是成妹子，他妈的，当初向那婆娘需索十个芝麻饼也不算多。……他这样悲愤的胡思乱想，同时也还有两个大恐慌，攒进他心里，一是怕那婆娘真正回去告，二是那不够朋友的牛子不知到那儿去了。

他不敢走回去，尽咨嗟叹息的留在毛家坝。看看坝里的水，静静的又澄清了，鱼儿们也在水面吐气了；看看两岸的沙子白茫茫的起伏的，而且枯燥的；看看天边，日光全没了，云彩一列一列嵌在青天上，鱼鳞般闪耀着，而远处的树林却现出阴森而沉郁的样子；看看自己的家，家在山那边，并不远；望望自己的脚下，禾田在眼底下旋转，鸣虫到处向他嘲笑，沙洞里的鲫鱼冷静的翻着白肚皮，怪可怜的，可是谁料到它们的暴君于今恶贯满盈了，流亡在荒岛，自生自灭，没人过问吗！真是，他那时孤单彷徨的，在坝边很害怕，同时还起了点身世之感呢！

天快黑了，远远的，他着见他父亲东张西望的来了，口里叫骂个不绝。本来他一个人很害怕，但一有人来，他就胆大了，于是他赶快躲起来，心里愤愤的想：他还在骂，难道他就不怕我淹死了吗？如果我淹死了，只剩一个儿子我看他怎么办，到那时，我看他的牛子请谁看？哼，这样黑心的人，我定规要死一回给他看看，我要看他在我死了之后又怎样，说不定他会跟成妹子的妈办交涉，是她吓得我不敢回去才有这种悲惨结果的，她骂过我“不要脸”“野种”，我犯了什么罪，要她那样恶骂啊。……还想这样暗呢下去，把气出尽，可是他父亲越走越近，他便伏在田勘下不动。

“荷牙子——荷牙子你这婊子崽，死到什么地方去了啊？——哼，这畜生那末小就什么都干得来，妈的，一回来我是没有面子给他的！”他父亲尽管东张西望的喊，骂，他尽伏在田勘下细细的想：还只跟成妹子玩玩水就这样苛刻，假使你发现牛子没有了，还不知道会把我怎样宰了呢？……但在他随即又听见他父亲低语道：“怎样牛子回来了，他自己又不见了呢？难道——我想不会的，总是躲到上屋宝牙子家里去了喽！”听了这话，他在又喜又恼，喜的是那牛子究竟还够朋友，没和他为难，自己回去了，也奈何他不得，恼的是他父亲竟不以为他是死了，他还没有到上屋宝牙子家去探听，怎么就这样大胆的说了呢？

他本想假装死在外头的，但他父亲一去，他就怕，他悄悄的远远的跟着他父亲走回去。那时天已黑了，他就溜进屋后的菜园里躲着。他看见屋里的灯光，又听见厨房里的洗碗声，这一来，他装死的心思没有了，他只觉着肚子饿，同时他茫然的感到一切太空虚了。他想：我为什么定要有人陪到毛家坝以致弄到这样呢？我为什么不进屋吃两碗饭，却躲在后园呢？我为什么都一点打骂不能忍受呢？像成妹子，她该吃得饱饱的，她该睡得安安稳稳的，她虽挨了打，于今总算苦尽甘来了啊！而我头顶的是苍天，脚踏的是草地，包裹着全身的是黑夜的冷气，两手空空的垂着，不知要搁在那里才好，我什么都没有！我为什么不把沙洞里的鲫鱼带回呢，我真是个傻蛋啊！……

疲劳之后的人们晚上睡得早，庭园寂静的，月亮上来了，照得他几无藏身之所。他两次三番想走进厨房偷点冷饭吃，但后门锁了，他不能不往前门走，可是他向前门张望时，总看见他妈倚在门栏上两手撑着头叹气，有时东走走西望望，于是他又退回后园了。等了半个钟头再向前门一张望，他母亲还是在那里，走进走出，全没有想睡的样子，于是他又退回去伏着不动。他看出她的神情好像比她失掉老鸡婆的时候还忧愁似的，这倒使他心里还高兴！

在后园正等得要瞌睡时，一个影子把他惊醒了，幸而他这小人物还没有使那影子注意。他看见那影子走到他二嫂的窗底下，轻轻敲了两下，随即又听见里面咳了一声，于是那影子爬进窗子了。他看得很入神！他想：那是鬼？是贼？如果是鬼，我二嫂该吓得叫起来的啊！如果是贼，但我二嫂醒了，他敢偷她什么呢？我眼睛看花了？……他想喊，也想不管三七念一借着这机会把自已仍然活活的介绍给他爹妈，但他不知他爹妈究竟要把他怎样，他始终不敢喊。

过了许久，他又向前门张了一下，好，他妈不在那里啦，他心里一喜，就轻轻的向前走。不料正离大门极近时，他妈忽然又推门出来了。她一眼看见他，想奔上前把他捉住，又怕惊骇他，就没有这样办，也没有高声叫，只用手招他，但他还是逃，逃到原处就不动了，好像不这样做作一下，那才丢丑似的。

他妈慢慢的走近，他装做没看见，让她窜上前，把他抱住，他在母亲怀里挣了两下，就开始哭。实在，不这样，这漫漫长夜他将怎样了局呢？他这样的被捕获究竟还是令人感谢的事啊！他妈见他哭，她自己也抽噎着，大颗的泪珠滚到他脸上："唉，可怜的牙子，你害得你娘好急啊！——你爹也真是，这样小的年纪就逼着你抛尸露骨的去看那瘟牛！——"她抓住了他，简直没骂他一句就把他带着走。在厨房里，她点了灯，舀水给他洗了脚，又端出温在热水里的饭菜给他吃，并且在火里煨熟两只条子鱼，随即进房去了。等他吃好饭，她又走出来，把他带进房，叫他仍旧睡阿爹的床，但是他不肯。她说："只要你下次不带成妹子玩水就没事，男孩子怎好同女孩子在水里玩呢？”母亲是好的，他也不同她辩论，好，有了担保，就放胆爬进阿爹床，偷偷的看阿爹一眼，阿爹的眉头皱着，胡子翘着，可没有睁开眼。他贴在里边的床板上度过这一夜，那时，他怕他可就比怕牛子厉害得多啦！

第二天，绝早，趁阿爹还没醒，荷牙子就起床了，一个人溜到后园去玩。在那里，远远的他瞧见隔壁细毛的背影。

早餐时，他和往常一样吃着，而且故意装出极大方的样子，看人们能够把他昨天的过失忘记不，因为假使他们一言归正传起来，人多口杂，实在是很难对付的。不料这事竟正大得非常，谁都牢记在心里，个个对他丢着鄙薄的眼色，露出嘲笑的面孔。成妹子的妈在他家门口经过时，还故意推开门，眼睛凶横的向他瞟了一下，好像说：“这不要脸的也死回家了！”这婆娘荷牙子是恨透她的，但他还能勉强原谅她，她可以说他带她的女儿玩过水，至于他二嫂，那又何必挖苦人，专寻别人的缝眼呢？她说：

“荷牙呀，昨天你怎么会想起把成妹子拖去玩水呢？”

“你去问她，看是不是我拖她去的！”荷牙子也不示弱。

“我不信，你不拖她，她怎么肯下水哟！”

“你不信就不信，这不关你事。”

“哈哈哈，好，你总算也见过世面啊，哈哈哈，看你不出噢……”

“见过世面，我看你昨晚见了鬼啊！”

所有他家里的大人，他顶不怕他二嫂，顶不欢喜她在塘边同细毛做鬼脸，所以她一挖苦他，他就发气了。起初，他二嫂全不睬他，眼睛瞧着别处；哼，后来她的脸红了，他的脸反而没有红，但是最后她恼怒了，把碗打得很响，用筷子指着他的脸，愤愤的说，几乎要同他相打似的：

“怎么这样顽皮呵，你啦！”

“他究竟是小孩子，不懂事，你就让他一步！”他母亲调解道。

“荷牙子是真有点讨厌，难道你同成妹子玩水是该的，你把成妹子弄病了，她妈还要同你算账呢？”因为正义之所在，他婶婶也在旁帮嘴。

“荷牙子你要留心你的皮噢！”他父亲听见他们这儿有风波，也在远处装雷神镇慑着。

没有人再帮荷牙子了，荷牙子不敢再多嘴。

此后，每天下午，牛子还得归他看，只许他一人。他牵着牛子上大路，大路常有人来往，他不怕，至于有没有草，可管不了。他走几步，牛子走几步，他看着牛子，牛子也抬头痴痴的看着他，他和牛子永远成立了谅解。

一九二九，五，四，于上海

（原载1929年12月《北新》半月刊3卷24期，选自短篇小说集《出路》，1934年1月，上海大东书局）

风头

冬至的晚上，已经九点多钟了，海三爹办完公回来，坐在客堂里的火炉边的围椅上，炉边仅有几个孙男恋恋的不曾睡，他觉得很无聊，就将酒壶灌了一大壶酒煨着，预备慢慢的喝着来熬夜。本来他老人家一年难得办一两回公，偶然办一回公也不觉着累，这里的所谓公就是家庙里开祭，开祭有酒喝，可惜一年只一回，难过瘾，所以回家还得喝，那末除了家庙开祭以外他便没有旁的公可办吗？那也不见得的，如果科举不废的话，虽则当年第一次秀才落了第，他老人家是能够二次三次考下去，尽有赶考的工作干的，如今革命党已把清朝革成了民国，那就不好怪他没有什么可干的，况且不干什么也尽有的吃，有的喝，儿子大了，很孝敬长辈，孙子也成了群，虽则进的是洋学堂，不见得有出息，然而在他这年纪也该抹抹糊糊享一点清福的，眼睛一霎就快六十啦!

这时，酒已热了，他提壶筛了一杯刚要凑近嘴，忽又拿开了，因为对着渺小而会顽的孩子们，蓦地引起他家庙里的一杯感融来。这是他幼年时的事，蕴蓄在心中多年了，童年的光辉在他的眼前一闪灼，不期察出自己是怎样的伟大了，而这伟大平常已没有谁有工夫来仰慕，来追索，所以他想自动的就将这伟大在孩子们前面糟蹋了也罢:

“当年我像你们这般年纪的时候，咳——”说糟蹋也不能随便糟蹋的，他说着，眼睛老气横秋的向孩子们一扫，先看他们的态度怎么样，其实孩子们是不会不玉成公公的志愿的，也用不着毕恭毕敬的做得那末规矩，有酒喝的公公就不会放了酒杯掐过他们的，如今既是一个个低头静寂的坐着，好像专诚听讲的样子，这公公就很畅快的说下去:

“《四书》啊，《诗经》啊，《礼记》啊，《左传》啊，我统统读完了，连《易经》也读了一大半，哼，你们才读到国文第几册啊?说啊——”他老人家傲然的瞧着孩子们，等到酒杯在嘴边“鸡”的响了一下之后，还听不见一个孩子的回答，也就不忍过于逼得他们面红耳赤的，连忙把话又接上："文章是一动笔就两三百字，行行打夹圈，除了正批之外还篇篇打顶批，那像你们这样'的''呀''吗'凑不上两三行呵！——至于字，莫说你们的这些鬼画符，就是你们的先生，唉，我记得我那时临的是赵孟頫的帖，每回一题笔，你们的伯公公总站后面看，看完了就对这个对那个说：'你说乡下团转左右的字啦，怕没有一个赶得上我们海三的，天分真高，还只十一二岁咧——咳咳咳！"

他老人家说到这里就又呷了一口酒，放了杯子腾出手来摸胡子，这胡子好似一座苍郁的松林，松林中仅有一条路，他的思想不往松林外面跑，只会往里面钻，钻到尽头又弹回来，把那道地的货色给全体搬出来：

"书读得连环倒背这不算，我还大大的出过风头咧！在你们这般年轻的时候就有那末大的名誉，这是你们做梦都做不到的，唉——咳——本来，你们老公公在世的时候，家教也实在严，那像而今我对你们这样放纵的，书背不出就不准吃饭，不准睡觉，这样的严法，你们想想看，本事练不练得好？"他老人家干了酒之后，就又筛了一杯，接着说：

"我记得也是今天吧，不，是冬至的前一天，老公公是大祠堂的总管，祠堂开祭，他老人家得早一天去，那时候，他教我们的书，我们一知道他有事去，就谁都不肯进书房，尤其是我，像野鸟一样制不住，老娘姐动了气就打了我一顿，这可伤了老公公的心啦，他愤愤的对老娘姐说：‘一点小事就打他干什么呢？’老公公是很同情我的，他随即又安慰我：‘海三，就不去上学了吧，今天，同我到大祠堂去，今年大祠堂里的祭文还不知道有没有人读呢？’末后他就关照老娘姐，‘海三的妈，赶快替他换了衣服吧！’这时候，我很骄的，我偏装假不肯去，其实那年家庙的祭文就是我读的，谁都知道，童子声音极多高，极多清秀啊，又能持久，当然读得比大人好听得多啊！当时吃祭酒的就没一个不称赞，什么东西都先拿给我吃，所以到大祠堂去，我是顶高兴的，咳，咳，咳！——到了大祠堂，那时族人都爱逗我玩，在公房里，老公公同族长谈话，谈到我，就说：‘这孩子也能够读祭文呢，所以也带他来了！’族长惊骇起来了，说：‘噢，这样小的人就能够读祭文啊，真了不得，好，我们族上又出了个脚色啦，哈哈哈，真难得！’——开祭本来在晚上，那天晚上，老公公把祭文拿出来，背了人念给我听，其实里面的字就没有几句不认得——祭文有好几篇，原来有人读的，因为我会读，就让一半给我读，实在，千多字一篇的祭文，跪在地上慢慢的读，是不容易的，末后那篇顶长的正祭文就归我读，读的时候，族长啊，老公公啊，亲自拿了烛站在旁边，还有许多人围着看，打杂左一杯白糖开，右一杯白糖开，送给我喝，那次我读得特别好，在大庭广众之中，我一点都不脸红——”

话说得多了，他老人家就将酒当白糖开似的一连喝了两大口，再说：“读完了，族长拢来摸我的头，夸奖：‘好脚色，倘是再过两年还了得，几岁啦？’老公公答道：‘还只十二岁咧！四书五经都读完了，就只《易经》没完工，文章也做得二三百字，还清顺，字也写得很发跳，这孩子天分倒不坏，就只看将来怎么样！’哼，将来怎么样，世界变啦！咳！——”他老人家叹了一口气，停了一停，接着说：

“听了老公公的话，族长就摇着头，一面讲：‘这是不可能的，这样小哈，难得的，将来一定跨灶，一定跨灶，哈哈哈，好好的把他培养出来吧，翰林举人是靠得住有分的！’”

他老人家喝了一口酒，知道“跨灶”两字是孩子们不懂的，解释道：

“‘跨灶’是比爷老子的本事好的意思啦，你们懂吗？唉，无论谁，本事好就会什么人都看得起他！比如我，自从大祠堂里读过祭文，——咳咳咳，大祠堂究竟是大祠堂啊，差不多有些人连祠堂门都不能进，还讲读祭文，呃——我读过了祭文就谁也认识我，恭维我，连打杂的都认识，第二天下午回家的时候，他们还指点我对人家说？‘那就是昨晚读祭文的脚色啦，倒看他不出噢！’”

这已经够光荣了，但海三爹的光荣却还不止此，他筛了酒之后，喝了一口又继续说：

“这还不算什么，你们大概知道从前大行有个芝大爷吧，谁都叫他芝大王爷的，是前清的候补道，脾气很大，族上有什么事他喊怎样就怎样，谁犯了事要开祠堂门，如果他在场的话，哈——没有道理讲，先打了屁股再说，像这样有威风的人，族上是少不了的，不然，地方只看见出事，动不动就打官司，那还成话！所以我们族上的人是用不着打官司，到了大祠堂，天大的事也就完结了，哈，芝大王爷——谁敢惹——呃，他就给我骂过一顿，这是谁都知道的——就是那年大祠堂开祭，晚上正祭是祭过了，但天还没有亮，谁都得起来，因为第二天上午要到许多祖坟去扫墓，早饭不能不吃得早，那时候，我一个人正睡得鼾呼呼的，忽然有人喊我，我不理，推我，我糊里糊涂的醒了，就骂：‘吵什么，见了鬼啦，这样早就把人家吵醒！’那喊我的人碰了钉子就对老公公说：‘你看，我喊海三起来吃饭，海三破口骂我呢！’老公公带笑带骂的推我说：‘海三还不赶快起来，是芝大爷叫你啦，这不是乱骂得的啊，你睁开眼看看。’哈哈，乱骂不得也就骂过了，那怕他是天王爷！”

停了一会吧，他老人家又举起了杯将最后的一口酒喝了说：

“九九归一，这就是因为我会读祭文的缘故啊，不然，芝大王爷是好给人白骂的么？——算起来，这些事情到如今又有多年了啦——咳，于今我可不成啦，老啦，嗓子坏，中气欠足，就只看你们看，如果肯挣气，明年冬至我还想带你们去试——”

他说到这里，睁开醉眼带着无穷的希望抬头向孩子们一望，可是这时候孩子们有的低头垂在胸前，身体前后左右的摇摆着，有的，手里的陀螺滚在火炉边，人却瘫软在椅靠上，于是他老人家大大的绝望了，将空杯往茶几上一掷，翘着胡子摇头慨叹道：

“唉，对牛弹琴——去睡你们的吧，你们这些小猪狎！”

这些小猪狎一个一个的惊骇的滚开了，客堂里冷静的如同家庙一样，只剩了那顶出名的祭文的读者孤单单的还在那里熬夜。

（原载1931年1月《当代文艺》创刊号）

喜讯

十二月中旬的晚上，从前也是溪镇一个地主的客堂间里，墙脚下生了火，火上面满锅明天用的猪狸的早餐也熟了；柴要省下来煮饭，舍不得烧，凭着那火炉里的余烬，那薰惯了薰不出眼泪鼻涕的烟，九点多了，疲劳后，按习惯早就该钻进被里的一家子，却还不肯睡。

一辈子只在幻想里过日子的拔老爹，近年是连“老爹”的尊称也几乎降到“老倌”了。六十八岁就老得一塌糊涂，什么事都不好管；蜷缩在客堂里的靠背椅上；头罩着连睡觉也无须脱下的大风帽，仅仅露出须眉全白的枯瘦的脸；两手笼在青布袍子的袖口里；裹着棉套裤的脚，穿着棺材似的大棉鞋，像要把它煨熟一般，伸到灰里，不到烧得肉痛是不晓得收回的。他老人家自从那仅有的一幢破旧瓦屋也只剩了三分之一，客堂由正厅旁边被逼到后进的东北角上以来，每个烤火的季节，总在靠墙的安静地方设着他的宝座。旁边的椅上呢，堆着四十五岁的长子甫嵩哥，驼着背，眼和腿都有了毛病，不得已退休享福已经两年了，穿着破夹袄夹裤，夹袄上罩着露出棉花的拔老爹穿剩的领褂，赤脚上趿着几乎没有头尾的鲇鱼鞋，两手托着蓬发的头，架在膝上，像要往灰里窜。再旁边呢，坐着三十岁的阿贵弟，算是这家庭的中坚份子，一年四季皱着眉，少说话，像和谁生气。他的女人阿贵嫂，在鼎盛时代本来不出场面的，因为婆婆去世，寡妇嫂改嫁，没人烧茶应客，也在一个角落里占有婆婆当年坐的那个靠背椅，半袒着胸，乳头扣着熟睡着孩子的嘴。

比美孚灯的光还差几倍的火油灯，老停在墙壁上赋闲，没有到阿贵嫂不得已要补男人白天等用的裤子的时候啦！反正谁都能摸到手烟管，茶罐，茶杯，并不在乎彼此看得清不乐意看的脸，而且每个人几乎有一副怕光的眇眼，这一家子就全欢喜这黑暗。孩子不算，除偶尔吐痰咳嗽外，四个生命竟消融在黑暗里，无声无息，和火的余烬一样，快要熄灭了似的。可是谁都不曾瞌睡，就是葬到冰冷的被里，也不会瞌睡。他们正在等候着呢！

从袖口抽出两三个月不洗的白手绢，揩着水泱泱的眼，拔老爹死灰复燃了一般，叹了一口气。

他老人家在哭吗？

实际，这达观的老人，除八十八岁的老母断气时嚎啕了一回，就不曾哭过。十八岁时，秀才落第，那早已是过去的事；做生意亏了千多串钱的本，那时候亏得起，也早已是过去的事；死了两个有出息的撑场面的亲弟弟，但析产后的弟弟不见得对自家有帮助，那也算不了什么；五年前，虎列拉瘟了老伴侣，老伴侣还拖走了次子三子和两个乖巧的孙子，一家子瘟得落花流水，老人似乎寂寞了，但近年来，惯常了，也不在心上；欠了六分月息的五百元债，几年下来，田地卖光，连几间祖传的瓦屋也快要当作“行都”了，而结果依然是五六百元债，这也不在心上：老人宽怀大量而且见识远。他有一个希望无穷的打算，那就是：他已把第四个爱子岛西培养成一个师范毕业生，早已在天津一家公司做了月薪二十五元的办事员了。放弃了许多庸俗子弟，造就了个特出人材，破费了无数田地，完成了个活财产，通盘估计，还是合算，而活财产的利息是大得无从推算的。虽然岛西自从有了职业就不曾寄过钱回，然而每年总有安慰老人的信：说身体好，说结了婚，养了崽，说薪水加了，认识了些名贵人物。这就好了。老人忍耐着当前的一切痛苦，一心的等着。

当人家逼债时，老人说："当我的岛西付了钱回，加倍还吧。"当店家赊不动杂货时，老人说："将来岛西回了，他会跟你们算清的。"人家试探岛西的情况了，老人总说岛西在外很好，成家立业，地位一天一天的高。甚至连自己添了件粗布袍，也说岛西寄回的丝棉袍。亲戚送的茶色眼镜，也说岛西化二十块钱买给他的。总之，这样那样，都是岛西好，都是岛西的名誉。不错，一切虽暂时向岛西预支了，岛西总有出头的日子，总有一天证实老人的话，如老人的心愿的。老人忍耐着当前的一切讥嘲与悲楚，一心的等着。

不知怎么，不接岛西的信快一年了，但据本家守一先生由城里寄来的信，说岛西事忙，说岛西寄回的信遗失了，不免怀疑的老人也相信是实情。记得从前岛西的信也常常载着"事繁不能多禀"的话，又记得从前岛西有信到家，辗转传观，也有不曾传给老人的事。在种种方面，老人总想得极细微，曲证出岛西是有整年不寄家书的理由。一切总还是吉多凶少！世间的悲惨事，决不会全堆到一个人的头上的。幻想里神游惯了的，性急什么呢？快过年了，年头年尾，大吉大利，往坏处想什么呢？还得照旧的等着啊！而且一家子都在陪着老人等着啊！

老人身体一天不如一天，近来连眼睛也更加水泱泱的了。人们说是痧眼吧？痧眼决不只是流水的，不是！是酒喝多了吧？虽拿三分之一的食粮熬酒，但每顿三杯，没过量，没沉醉，不是！是身体虚弱的缘故吧？对啦，一个月吃不着几片肉，连每天一个蒸鸡蛋还是儿媳阿贵嫂的虔心呢！岁尾，人家杀年猪，办年货，收帐，送礼，而老人却只空肚皮等候着。虽曾为这烦恼过，发过多次无名气，但毕竟安慰了自己。要留着身体等岛西发迹了以后，好好的过几年呢！

总之，无论在那方面，宽怀大量而且见识远的老人是不会哭泣的。

静夜里，门前犬吠了！

十二月中旬，这样晚，债主大概不至盈门的，否则老人听了犬吠，就得苦笑着，跄跄踉踉摸到暗室的床上，气痛得哎哟喧天，呕吐，咳得喘不过气，好使客人开不了口，悄悄的一个个溜走；甫嵩哥呢，也得拔起修房子跌伤了的腿，轻轻的一跷一拐爬进房，痛苦的呻吟着，毕生的悲哀，这时候都用得着一齐搬出来，好真的嚎哭起来；阿贵弟呢，也是忽而上茅坑去了，不在家。总之，客堂里只应留着一个男不跟女斗的女人，那招待客人的阿贵嫂，在很生气的打着孩子们哇喇哇喇的叫，好使客人彷徨无计。但现在还不曾到期啊，犬在吠什么，总有道理的吧？

“唔——有人敲门样？”老人侧了头，睁开了眼。

全侧了头，睁开了眼，可是门外边没有响动。

“唉——”的长吁了一声，老人只好抖着伸到灰里的脚，哼着“每逢——佳—节—倍—思——亲”的诗句，接着“亲”字的尾巴，又用刚刚摸过白胡子的手，扯出手绢揩眼睛。读过几年蒙馆的甫嵩哥，没有过用手绢那末雅致的事，就用手掌抹去了鼻涕，也揩眼睛。阿贵弟不懂诗，可是经验告诉他，从前十二月晚上犬吠，爹妈总是由床上爬起睡倒，看是不是儿子发财回了家。证之阿爹阿哥目前的神情，也猜着三分，皱了皱眉头，照旧沉默着。

周围的黑暗、冷静，看不到底的破烂、贫穷、空虚和渺茫，想起种种，尽坐着等候不是路，寒颤起来了，于是老人从灰里缩了脚，拍了拍袍子，扶着靠椅款款的立起来说：

“唔——快十点多了吧？——困去！”

客堂里稍稍骚动了一下。老人叽咕着，说不要亮，说不会跌。但壁上挂着的灯，还是在阿贵弟手里亮了。老人跟着亮进了厢房，一会儿，亮又回来了。随即抱着孩子的女人跟着亮进了房，一会儿，亮又回来了。灯照旧在壁上赋闲，客堂又照旧黑暗，死寂！

甫嵩哥爬到爹爹的椅上，在角落里摸着旱烟管，抽着烟，又排出往灰里窜的姿势，脑子里盘算了一阵，记起了一件大事。

“明早，栏里那只大的要多喂两瓢，永祥泰怕要来过秤啦！”

听的人，自己明白了就得，不答话。

不怕偷儿混进屋，三份人家的大门没有负责落锁的人，半点钟后，犬吠了几声，茅屋里的堂弟没有叩门就进来了。在客堂里转了转，看见冷火秋烟，没有坐谈的兴趣，立了一会，去了。过后，客堂里毕竟还是来了一个人，在黑暗中，像幽灵一样，还有谁！那就是拔老爹。

“我当是有谁来了呢？”

“没有。是茅屋里五弟来转了转。没有事！——起来做什么？夜半更深，天又冷！”

“不要紧的。我说，你们也该睡了啊！”

“晓得！”

三言两语把爹顶回去以后，对老人近来每每深夜还不肯睡的事，劳心的甫嵩哥也伤感起来了。低声的摇头说：

“唉——怎么得了呢？唉，那事情，爹该不晓得吧？”

“总不晓得的。没有人告诉过他。”

“要小心点，以后，就是对别人，也不要提起，那怕城里报上登过，乡里知道的少。守一先生的信上也关照过，说不要弄得屋里也是鸡犬不安！口里闭得紧一点的好，多一事不如少一事，如今这时势！……”

“我是不管的，怕什么？乡里那个不晓得，就只爹爹在鼓里。”

“喏——还是聋子不怕雷！有什么用处呢！防一防又不截去半斤肉！想想看，杨家二舅只有一个崽，刚刚中学堂毕业，只等赚钱进屋，还不是一到汉口就收场了，连尸都寻不着。如今他屋里穷得讨米，也得过活不是？有什么用处呢？——前天茅屋里三婶婶到玉山庙许愿，我托她问一个签，说不要紧，将来就是菩萨保佑，太平无事，也不要提及。不是有名望的事！”

一大篇道理压服了阿贵弟了。安分守己做人，做到挺了崵，有什么话说呢？只好听天由命，和自己生气。

门前，犬又一声一声的吠，而且越吠越凶，随后大门响了，犬一直吠进大厅。追到客堂门口。阿贵弟起身点了灯，奔出来赶开了狗，在暗淡的灯光中认清人了，说：

“啊，桂堂哥，由城里回来了？”

“呃——回来了！”来客拐了一把椅子，对着欠起身来的微笑着的甫嵩哥：“还没有睡啊！”

“城里回来了！？几时到家的？”甫嵩哥说。

“到是上半日就到家了，没有工夫来！——喏——”来客手里捏着一封信，“守一先生叫我带一封信，说是岛西先生的，没有交给我就拆开了。”

“啊，岛西寄回来？真的？”甫嵩哥昂起了头，惊骇了一下，客气的，欢笑的，伸出颤抖的手，接了那封破烂的信，紧紧的握着，忍耐着，舍不得马上就看；敬了客人的烟，叫阿贵弟升起火来，然后在一个茶几的抽屉里找出爹爹的眼镜，用手揩了揩玻璃，又揩了揩眼，然后不自然的把它嵌在鼻梁上，神经紧张的叽咕着：

“岛西寄回的，真有这事！——唔——阿贵，慢点给爹爹知道，让我先看了再说，让我先看了再说。——唉——岛西——”

把灯拿过来，将皱褶不堪的信，凑近眼前，上上下下瞧了信封，甫嵩哥才仔细的抽出四页信，枯焦的脸上浮着哭不是笑不是的样子，手也震上震下不听话，眼泪在流，胸脯在起伏。口里虽则断断续续的应酬着：“上半日就到家啦！……城里世界该好？……这回带了些什么货？……”耳朵里却没有钻进一句客人的回答，他的嘴早在那里专诚的费劲的啃着信上的每一个字。字的确是岛西的亲笔字，不难认，可总觉得生疏，外路的白话，也赶不上本乡的土白那末顺。虽然是往年看惯了的句子，总像赶羸牛一样，犁不动。

旁边阿贵弟把客人扔在一边，尽瞪着眼看阿哥，很焦急，似乎说，若是阿哥有他那把力气就好了！

犯不上陪着别人熬夜，客人告辞了，甫嵩哥抬了头，立起来说了许多抱歉的话，等阿贵弟送了客转来，也就没有心思读完信；将模模糊糊的大意悄悄的说了一遍以后，取下眼镜，两手蒙着脸，伏在膝头上，眼泪鼻涕糊了一手掌。随后，阿贵弟提着灯，甫嵩哥拿了信和眼镜往厢房去。

“是，是，是那个来了，刚才？”拔老爹早就撩开帐子，探出头，儿子还不曾进房就把话送出去。

“喜讯，爹爹，喜讯！”甫嵩哥苦笑着说。

“唔，喜讯，什么喜讯？岛西的喜讯？”拔老爹扬眉笑脸，全身都热了，睁开眼，瞧着远处儿子手中的信，梦一般，从坟墓里跳出了一般，被头翻转在一边，手在脸上使力揩了一把，带着莫可名言的好滋味，堵塞在口里的话实在藏不住了：“咳，咳，咳，听见狗嗥，猜想是桂堂来了，一定有信的，想爬起来，又怕不是。本来，快一年了，在外头忙些什么呢？我想总有点好花头的。是喽，我想总有点好花头的。如何？我到底猜中了。哈哈哈。甫嵩，从头至尾看过了吧？”

“怕受凉，你老人家穿起衣，自己来看吧！”

甫嵩哥睹着老人欢喜过度的精神，迟疑的不想走近床，可是做不到，只收藏了假的欢笑！

“难道是做了县知事？”老人慢慢的在穿衣，有一句没一句的自言自语起来了：“难道是中了彩票？……难道是升了科员科长？……难道是积蓄了三五千块钱，要带了妻儿子女回家乡过年了？……啊？……甫嵩，若使你妈妈在世，唉，你二弟三弟全是没病没痛的活着，一家子闹闹热热，又是快过年的时候，得了这种喜讯，你看，那多快乐啊！那时候，地方上，团转左右的邻舍亲戚，又是一幅什么面孔向了我们啊！……唉，你妈妈，可怜啊，辛苦一世，到底没有福分，不能亲眼看到……唉，也是命该如此！……”

阿贵弟把灯搁在老人床前的台子上，几步奔进客堂间，顺手拐着揩面巾，倒在靠背椅上，将面巾往脸上一盖，只顾自己享受去了。

老人穿好衣，甫嵩哥侧着头，生怕给看见自己的面孔，伸出抖颤的手，交了信和眼镜，泪水早流了满地。

怡然自得的老人戴了眼镜，随便的浏览了信封，微微的颠了颠头，便赶忙开始读信。每个字，每个句子都是蜜枣荔枝一样津津有味；有时候点头，有时候笑，有时候摸胡子。但读了一半，可又惊呆了，手也抖起来了，头越伸越长，老泪纵横的眼，越睁越瞧不清，渐渐的信从手中滑了，身躯瘫软了，直往后面倒，胸脯一起一伏，口里迫促的喷着气，许久许久之后，才断续的喊出弛缓而低沉的声音来：

“唉！——政治嫌疑？——这是怎么一回事啊？——

甫嵩？——唉！——徒刑十年啊！——啊，十年啊！——十年啊！——唉！这十年，我们，不知道，还能，活在世上不？——唉，——唉，——唉！——天啦！——”

达观而且见识远的拔老爹，这时候才真个痛苦的嚎哭了。

一九三三年二月十九日作

（原载1933年4月《现代》2卷6期，选自短篇小说集《喜讯》，1933年12月，上海现代书局）

莫校长

要显赫便显赫；要兔子装老虎便装老虎；有门路可钻，干吗不去钻；人谁不想满足自己无边的欲望直往安富尊荣的道上闯啊！彰明的自私算不了自私；一个人始终不改变其固习的不真实，也仍不失其为真实。真的，这也是一派的人生哲学，而这派人生哲学的精髓，怕只有莫校长最能豁然的贯通，而且宗奉得待为彻底！

莫校长似乎是办腻了乡村小学才离乡的，其实并非真腻，因为他是两个小学校的校长，身兼多职，而校长夫人只一位，这是一个应设法救济的缺点，兼之心慕S市的繁华，因此兴了远游之念，毅然的敝展尊荣，到S市留学去。

他在一个专修学校当学员，但校长的名分却藕断丝连的仍然遥领着长衣马褂穿得很整洁，一举一动，颇有文质彬彬的仪表。他不跟谁诙谐活泼，也不加入一切学事的组合，以示与纯粹的学生子大有区别；群居寂寞，少不的检出旧信和心目中认为优秀的分子谈谈：“这信是我一个学生写的，他十九岁就考上了省立师范，如今是二年级了呢！这是县长的孙子的信，写的不错，也是我一手教出来的。”言下唏嘘，追念他往昔的功勋；伤怀自己如今怎生的埋没；至于差不多的学友想和他攀谈，充其量，只博得他头顾左右的应酬的一笑。他除了做校长之外也随班上课，但只专修致书学生家长，说某生欠学米半升，某生欠学费几角几分，拖延至今殊属不成事体；或与职教员函商办学的大政，厕所里苍蝇太多，有碍卫生，窗纸破旧应赶早糊补。总而言之，在教室专修这种功课，显然是和讲师分庭抗礼，若是讲师不识泰山的瞟了他一眼，就该挨他的“哼，什么东西！”诚然的，从头至尾去研究他，谁都默认他就生成一具“校长”胚，兀自永远有做校长的福分！

他并非瞧不起人，平时看见同学老C常有国务院，交通部或陆军部的信件，证之老C那堂皇的像貌，与乎言谈之间的气派，又加以年初五的牌九席上，莫校长做了厄运的庄家，老C维持正义的阻止小子们对他的欺瞒，他于是万无一失的结交了老C。

九个月的校长式的学生时代一刹那过去了，莫校长资格又增加了，自然不屑屈就原职；只是在S市永远闲居下去，究竟有隳令誉，而那时老C却是一个大书局的职员，他乘此机会，便做了老C一个理想的同事，他关照朋友们寄信给他只在信封上写着“CH书局编辑所莫休先生收”就万无一失。老C虽没受过他的吩咐，自然给他转去，这样，一个双料的乡村的小学校长，在人们的心目中，又是一个大书局的编辑，至少也是一个职员，谁不心羡他育“能自致于青云之上”的天才！本来，他和老C彼此一体，老C做了编辑、不就像他做了编辑一样吗？

虚荣究竟无补实际，许是不胜沧桑身世之感，莫校长终于掏出一张大号的排着队伍的官衔的名片，到CH书局去会老C。

“老C，尽住在S市，真是无聊，我想拿出一千八百在此地来独立经营，你看，开店啊，还是办学校？我筹谋了一向，至今没个主意。”“开店未尝不可、办学校更是你的本行，反正S市这样的繁华热闹，什么都可干得好，只看各人的经验与兴趣。”

“如果办学校，第--是校址顶难找；热闹地点，房金太贵，冷静地点，又怕招不着学生，开店吧，也一样。

我想最好在市东一带赁三上三下的房子，楼上办学校或租出一部分，楼下抽出一间来开纸烟糖果店。学生发达便取消商店，买卖发达便取消学校；但学生发达，商店却是仍然可开的，为什么，只要拉拢了孩子们的买卖，收入就很不少，你以为何如？”

“这是关乎资本亏盈的事，我不能替你作主。只是学校和商店同时开办，你有许多的精力照顾得到吗？”

“不成问题，学校方面我有许多朋友可以尽义务，商店方面我可以叫父亲母亲来管，这是非自己的人不可的，而且他们也可以兼顾学校方面的事。”

“经常费呢？”

“经常费要不了多少。房金伙食每月五十元差不多了。学生每人每季缴十元的学费，这算是特别价廉了，只要能招到一百学生，每季便有千把块钱的收入。我想一百学生不难。”

大体的计划就这样决定了，以莫校长的资本的雄厚，又富于勇敢果断的精神，在一个多月中便校舍也找着了，桌椅等校具也在乡下做好运来了，校章也简单的草就了，教员是现成，只要供给膳宿，终有人来承乏；所难的，是专供给膳宿怕找不着女教员，但无论如何，一个是不能少，目前虽许办不到，缓缓的终须另行设法；其次是校名还待斟酌，校董还须接洽几位中等的名流或半边绅士；再次是学校的匾额最好是唐驼的字，只是这些非借重老C不可。他匆忙的带着校章和教职员录等又会老C去。

“老C，一切都筹备好了，阳历八月可以开学。这是校章，教职员录，请你介绍印刷。”他很忙乱的将带来的一切拿出来。“你的名誉教授请不要推辞，还有几个相好的同学我也写了他们的名字，这是名誉职，我想他们没有不愿意的。”说着，觉得这样给老C和朋友们以不小的面子似的。“校董也拟就了，这要烦你去接洽，没有他们出名是办不成事的。唐驼是热心教育的，劳你的驾介绍写个匾额，该不会要报酬吧？”

“别的我可以代劳，但唐驼我不认识；至于校董，我觉着你既是独立经营，似乎不必勉强他们出名，办规模大点的学校，不妨来得冠冕一点，小规模的可无须过于铺张。凡事只要脚踏实地，切于实用，就赁一间亭子间也可以办学校的。”

“亭子间里可以办学校，你真挖苦人！”

“什么挖苦人，在S市，亭子间里办大学都行，只要办得认真！如果要办得奇巧一点，下一定向办教育的标准上进行，那末，将亭子间装饰得精致一点，开一个小小的店面，里面置一张睡椅，自己翘着大腿坐着，学生一个个或两三个一排，站在店台前面听讲。铜元五枚一次或十枚一次，价钱随意定，交多少钱给多少货，当面交易，出门不换。一天真可教百把个学生的，这多经济而且实惠！我将来穷极无聊时，许就这样干一下看。”

“不和你说笑，真的，你看学校起个什么名儿？我打算起个‘世界公学’，不过这名儿虽是可以压服一校的校名，但我觉着太渺茫一点，‘五民中学’好不好？现在五民主义风行一时，我这个学校正是应运而生，青年们瞧见这时髦的校名，一定很踊跃报名的。你觉得怎样？”

“我觉得政局不定，这种名色的学校恐怕容易惹起官厅的注意吧？”

“不，讲老实话，这校名，我有个巧妙的解释：五民主义如果在S市行时，我的学校便可以说是宣传五民主义的机关；是发扬民衣，民食，民住，民乐，民工主义的机关；反之，便可以说是为‘士，农，工，商，兵’而设的。这样随机应变，政府查办也查不出什么，我想决不会受政潮的影响，决不会受政潮的影响。”

“好，妙绝，妙绝天下之伦！哈哈哈。”庄重的老C也不禁敲掌的笑了。

“喊，听说密司H生活很艰难，我很想聘她，但不知只供膳宿行不行？如果将来学生发达，仍然可以支薪的。你可以替我游说游说吗？”莫校长始终不忘记往年的那缺点，找出一位密司H来。

“大家都是同学，她的住址你也知道，你不妨自己去试试喽！她和你也有相当的交情的。”老C早知道他的宗旨，推托着说。

距这次的商酌，又是半月了。市东一带的街壁上满堆着各色的“五民中学招生”的广告，而且“莫休”两字在“校长”底下端端正正的列着。十字街的电杆上，簇新的“五民中学”的小横匾，从许多的旧校牌里挤出来，峨峨的在迎接如梭的行人的面孔，表示它是大海中的塔灯，是盲目的青年们的向导，是闹智识荒时代的救星；多么有意思呵，那转湾拐角处的带剑的“五民中学由此往北”的小横匾，不拘日夜的牵拉着青年们到光明之路去！

老C久仰莫校长是富于办学精神和兴味的，很想去参观他的学校。一次他到市东访友，不幸迷了路，走到一个弄口，那“五民中学”的匾额忽然显现在他的眼前，他仔细看去，匾上虽是署着“唐驼书”，但唐驼似乎没有那们一派的扁形欧体行世。他曾听说莫校长的几百份校章不到半个月便给索完了，报名的必定很发达，现在的莫校长不知又是怎生的一个气派，于是他决计走进去参观一下，且和他再作一度的趣谈。

找着了校门，老C不待通报的闯进去；也不用通报，进门便是办公室，里面一位四十以上的妇人勒着袖擦桌子，见了老C，即刻来接待。她的衣服很朴素，但不十分像一个娘姨。不久，隔壁的教室里一位穿蓝布衫的老者走出来，头上五寸多长的灰丝，显然存留着清代的古迹，面色黝黑，大类忠厚传家的田主。

“校长在家吗？”老C问。

“不在家，嘿嘿嘿，先生要会他吗？等一会许就回来的。”

“那未，我等一会吧！”

办公室仅有能容四个方台的面积，三个人在里面想走动一步，似乎很费周折；壁上挂着几片尺多宽的镜架，因为光线过门不入，看不清写的什么，但可决定其不是“财源广进”，“万事亨通”之类。校址是三上三下的房子，楼上有一间摆着桌椅，似乎没有学生坐过，余两间住了人。楼下一间是办公室，余两间打通，虽不很大，二十条二人椅尽摆得下。芝麻大的学生子足有二十三四枚，在教室里散漫着，有的互相唾骂，有的在吃花生米，个个带着一幅鼻涕和墨扮成的花脸，追来逐去，口中时时发出一声声的“娘操”。也有三四个十六七岁的学员，在高声叫喊。振臂挥拳的左右大局。许是校长不在家时，他们趁此千载一时的机会尽情来快乐一下。

老C一壁候着，一壁参观，忽然二位太太推门进来，恰巧那时楼上走下来一位先生。

“先生，我们的孩子早就缴过学费了，书籍费也一文不短，开学快个把月了，干吗还不给他书念？”一位太太气得冒烟的开始质问了。

“这事，你顶好问这儿的校长，我是房客。”那位先生昂然的走出去了。

别装腔，在学校青黄不接的时候，房客担任教授，不过正式教员却总廿一位，就是莫校长自己；学监兼听差就是他的父亲，顶上盘着辫子的；舍监兼娘姨是她的母亲，擦桌子的那位；招生的期限没一定，以无人纳费为截止；招生的手续只考验学生缴费的能力，能一次缴足或分期缴足，便“进”，若仅缴一月的费而读过了三天未续缴的，便“滚”。莫校长教课很严，学生不听号令便罚跪罚站，甚至打，他的教育方针是采设计教学法，中国式的，他拿着书本照着讲，学生呆呆的坐着仰着头听就是，没有错，书，纸，笔墨大概用不着。那两位太太的质问，真是神经过敏，因为待遇既是一律，难道将她们的孩子特别优待起来给他们书念！

老C参观不久，校中的盛况已一目了然，只是脑中蓦然间涌出一个回忆：照莫校长当初的计划，三上三下的房子应有一间是纸烟糖果店。许是学生不发达，无开办之必要；不然，便是改变了计划，校旁的成衣店和柴炭店必有一家是他附设的。再次是女教员不知找着了没有，总共有几位。

近年S市的学校，很是当年，正如春雨后的杂草，在旷野漫无限制的自由自在的蔓延着，与商店的发达并驾齐驱，而且学校的内容之丰富，也和商店的“百货俱全”一样。莫校长的学校当然不会落后，在三四个月里，什么平民夜校啦，英算补习科啦，国文专修科啦，国语讲习所啦，无一不备，“五民中学”的校匾之下，陪衬着数不清的招牌。这真算他的能为！

被驱策于探险的意念，老C公然还去参与五民中学的休业式。不过那次去参观，着实是身不由己。他走到学校门口，发现“五民中学”校匾之下，许多的招牌里又有“女子中学筹备处”的一块。三间校舍，在冷静中似又粉饰过了，而且流通空气的窗户又多开了一个。教室里的墙壁上，还粘着许多印刷的彩色画。

“久违久违，老C，”莫校长见了老C，微笑着站起来。

“上次曾来看你过，你到什么地方去了啊？”老C勉强的应酬着。

“上次因为有点事，失迎得很！”莫校长答着，按铃：“听差，泡茶来，快点。”

“来啦，来啦！”还是那位灰丝盘顶的老人应声端了茶来，退立一边，敬候别的吩咐，他的像貌和莫校长的相像。

“你去关照娘姨，早点烧饭，今天有客。”莫校长严厉的命令着，老听差还没进去，那娘姨，从前那擦桌子的，早在门口“是”的答应了。她好像很能体贴莫校长的旨意，故意使老C瞧见五民中学果然有个娘姨。

“不敢打扰，我就要走的！”老C的脸上很有些看不惯的神气。

“不要客气，多坐一会，咱们多谈谈吧！”莫校长忙里偷闲的应酬着。

他们谈着，谈着，老C察出他的气派，果然比前显赫多了。衣服很漂亮，也不像遥领小学校长时代的蹩脚。他在老听差老娘姨前面呛五喝六的支使着，真像只老虎，在敬茶敬烟与眉目间所露出的笑容，仍然未改往日的真实。

“摇铃！”莫校长命令着。老听差摇了铃后，二十多个学生子，静静的，烂冬瓜似的滚进了教室，然后莫校长请来宾也入教室，一齐向国旗鞠躬。莫校长请老C训词，老C婉谢了，于是他自己上台，诚诚恳恳的演说，要学生下学期早点来上课，学费带足，欠缴的限一星期之内缴清。演说毕，休业式也就闭幕了。学生鸟儿似的散了，老C也就告辞。莫校长，很客气的送他出大门，在大门外，他们还谈了好几句：

“贵校学生倒很发达噢！”

“不，因为敝校取录学生比较的严格！”

“有几位女教员？”

“嗯——嗯——暂时还没找得相当的，但下学期无论如何是要想法的。”

“从前，你说要兼办商店，隔壁的成衣店和柴炭店是贵校附设的吗？”老C有意打趣的说。

“商店决计不开了，只打算下学期办个女子中学，现在正在筹备！”莫校长毫不迟疑的答。在弄堂口一鞠躬之后，老C和他永远的分别了。

（原载1927年8月《教育杂志》19卷第8期，选自短篇小说集《茶杯里的风波》，1928年6月，上海现代书局）

教训

“1”路电车辘辘的前进，似专为迎接她而来的，她远远的瞩眺着，觉得很快慰。月台上的群众纷纷的移动，为着省三五枚铜板，冒着热汗在她身边挤过去又挤过来，失了魂一般的可怜又可笑，而她却是鹤立鸡群似的站着不动，只待“头等”车厢安安稳稳的停在自己的脚边恭候，这很可显出她是高贵超乎一切了。“头等”“三等”在她的心房参差的树着，于是她那快慰的容貌上自然而然的又染着一层浓厚的傲慢的颜料，这像是耶稣赐给她的恩典，是新加了皇后之冠，她是多么的伟大，眼前一切人物的晃动如虫豸一般的微细而渺茫，在她那蔚蓝眼的视线中显不出确定的轮廓。

车身蓦然在月台前停止，乘客愈聚愈多，候着上“头等”的也不止她一个，匆忙的下的下，上的上，但她像是个参观者，泰然的站着，希望群众让出一条给她上车的路，甚至还盼望他们的口中诚虔的唱出一声“请”。但他们毫没反省自己是应该这样，只怕司机者推落他们在栅门外，各顾各的拥上车去，“跟孩子们挤什么，让他们先上去吧！”于是她的念头不得不这样一转，转得非常得体，直等车上脚铃响了，提醒她是最后上车的，她才从容的移动那雪白而叠成一股一股的肉体慢慢的攀上车身，快慰的笑脸暂时沉下，换上一幅庄严的峻峭的，挺着胸脯在车门口，目光在车厢里来回的扫射，扫射两排的座位，似乎是预告乘客们现在是她来了，谁在她的附近得谁立起来，难道没有人瞧见她吗？有的，他们是光眼瞎，瞧见，不过瞧见而已，也瞧见别的，也瞧见别的女人。难道没有人起身吗？有的，他们起身扯扯裤子衣服，又泰然的坐下，不会再起身了，除非下车。

她用绸巾掩口咳了两声，两眼活溜溜的巡视，露出不满意的表情，她是上车好久了；虽则年富力强，脚力不坏，到目的地的距离也不远，但这不关别人的事，她总是至少应由一两个男子让出座儿来给她坐的，男人对女人的礼貌规定是如此，甚至她的鞋上的半颗灰尘也应有个人替她掸掸，喉间的浓痰还没有唾出的动机就得有个人捧着痰盂候着，男人对女人的职务是如此，但可惜他们绝对不识货，不懂得什么是高贵是尊严，不懂得在女人前面周旋是怎么一回事，只庆幸着自己也公然在车上了，有座儿的那还用说，“立起来”除非是下车！

她的脸上浮起了点沮丧的神色，渐渐的又太平下去，为维持她那身体的重心起见，和命运相同的女人一样开始手握额顶上摇摆着的藤圈，脖子伸得很长，不值一顾的，眼左右射了一下又转向窗外，窗外的一切如闪烁的流星，如浮幻的烟云。

一站过去了，二站过去了，都在她的摇晃着的蓝眼睛里闪过去的，车到一站，她并不灰心的仍然关注着时局的变动，但他们死东西一般的不动，上车的，只是向车厢里涌。她骤悟到身不是在伦敦，在纽约，车中人不是效忠女人的欧美的绅士，而是不将女人当鲜牡丹供在琉璃瓶的Chinese，在一切都洋化了的上海，他们不追逐潮流，放弃他们的国粹，于是她像受了奇耻大辱一般，眉头绷起来，绷113、得像只鞋刷，虽则即刻要下车，终于将不屑在许多坐着的狗男人中站着的神色表彰出来，当第四站到了，她步出车厢，两手雄纠纠的攀住车门，不得不报复似的侧转头来，张起樱唇给他们以严格的教训：

“Chinese never stand up when the ladies come！”

但这尖脆的话音，只不过是一只小鸟儿的清歌，在车厢外杂嘈的市声中，是不会轻敲许多人的耳膜之一片的，于是她怅惘的跳下车。

她不瞅身边宫殿一般的马车，马车，她不屑坐：她不瞅身边如梭的汽车，汽车她不高兴坐，她只狠狠的瞅着那专为迎接她的长蛇似的电车，那上面曾使她受了洗不清的耻辱。她茫然的，口里只是不断的咕噜着："Chinese！Chinese！"

在回答全无的马路中，她还是让自己那双很富精力的腿儿，一蹬一蹬的载着她昂然的前进！

（原载1927年9月25日《文学周报》283期）

出路

达明坚决的从老乡大狗家里悄悄的出走，不去关照任何人一声。他的意思是想乘大狗夫妇不备，就独立生活起来，挣了钱之后，再上他们的门，好使他们瞧得起，否则一去渺然，永留个失踪后的悲惨印象让他们在安静中去欷歔的揣臆。

其实大狗夫妇绝没有薄待他：从他失业以后，看见他东一餐西一宿的惹人厌，索性把他安插在自己的茅篷里，弄两块板和一捆草在泥沪边搭个临时床，好使他过夜。每顿饭除豆芽白菜外，又特为添一水豆腐。为了开销大，连病倒在床上的孩子的药资都挪用了作柴米钱；他们只当做放出了一笔债，达明一有了职业，这笔债总可收回的。实际上，在这情形下，达明尽可一壁等机会的到来，一壁安然的住下去。然而不，他的内心不知忽然发了什么痴，硬要悄悄的出走。

他逃犯似的急急忙忙从一幢一幢的茅篷中溜走，生怕大狗夫妇见了，会这样假意的喊道：“这个时候还到什么地方去，达明，午饭快好了呢！”他是素来拙于言谈的，这一来，他就会回答不出一句话，而且也没有一定的计划可以回答的。他会露出忸怩狼狈的丑态，致令他们骂他是发疯，甚至用恶狠狠的慈悲神气把他拖回来，仍旧没骨头似的住下去。所以，他不能不那么慌忙的溜走，一直冲到臭水河边才站住。

河中的粪船正袅袅的冒着炊烟，霜风夹着两岸的尘沙草屑纷乱的飞扑，木桶边的垃圾堆趁着太阳垂注的机会，悠悠的倾吐着积臭。本来这里的空气还较胜于大狗的茅篷里的，这里的景色也比茅篷内外还绚缦的，然而达明却不去欣赏，去玩味，只将焦躁而愁烦的心萦系在切身的种种问题上。实在他这人也太易于伤感了，连那点点炊烟也使他感到饥饿，连那几阵霜风也使他感到寒冷，尤其那可笑的垃圾堆，也会使他回忆起在纱厂作“下手”工的隆盛时代来的：那时节，每天早上一到了六点钟就用不着忧虑彷徨，按着老套头去工作，和不停轮的机器去比赛，一天不知是怎么过完的。每日只须干完十二个钟头就能到手四角半，运气好，还可以替几晚夜工捞一点外快。上工之后，一样的和伙友们有笑有说，下工之后，一样的和同伴诸公饕餮着八人一桌的一荤三素的包饭。夜晚也有资格在十几个人住的小房里据着两块硬床板，高谈着某女工标致，某堂客搭上了谁的事。除食宿外，每月也能剩个三五元寄给乡下的老娘，还划出两角的零头在香烟自来火上去奢侈：感觉十分疲乏了，还用烧酒去享乐，连沉醉如泥的时候也有过的。自由自在的，这日子多好过啊！真是鬼蒙了头啦，为什么那天只因摇纱间来不及打扫就忍不住工头几阵恶骂，竟然回起嘴来的呢？好，于今被开除了，东漂西荡，待在大狗家里个多月也找不到翻身的机会，真同被弃的垃圾，只有堆在粪河边腐臭的分儿，这才是自作自受啊！……

由隆盛的回忆到衰颓的现实，这现实又不知几时才能成过去，心中惴惴的忧虑着，他不觉就把其所以衰颓的罪过全堆在自己身上，几乎握着拳要在枯瘦黝黑的脸上重重的连披几下，替这一个多月以来所吃的苦头泄泄愤，但一转念人是孤单的在臭水河边的风沙飞扑中彷徨，归路全无，前途渺渺，不禁又哀怜自己起来，鼓励自己起来，他把一切情形反复了一下，觉得同是一个人，怎会有被弃开除的事情呢？而且自己全没有白吃人家的，白用人家的啊！而且世间既然可以这样残暴的对待着同类，自己就不会独立经营，发财称霸，也把弃掉人家的人弃掉，把开除人家的人开除吗？自己难道就只配吃那碗怄气饭，绝不能放英雄点，凭自己的力量去打开自己的江山吗？想念到这里，他就认定人要独立生活是对的，从大狗家出走，也绝对没有错。不过凡百事业总得有资本才行啊，一念及资本，他那开放的心花忽然又收缩了，眼前漆黑了，头低垂着，只将软弱的目光集中在自己的青布棉袍上，痴呆了好久，最后就点一点头，慢慢的踱过木桥，走过几条街道，在街旁又蹀躞了一会，昏昏沉沉的将自己搬进一家小押店，狠狠的把身上那棉袍剥下来，往柜台上一抛，公然使出了革命的外交，押了六角钱。这棉袍原赌咒不押的，身上只剩了两件破旧的衬衫和夹袄啦！

资本是有了，可是一切的打算却只能严守在六角的范围之内，绝不能让越雷池一步的，所以他又在押店门口留连着“大狗家里死人也不再去的，除非……男的固然一声不响，照旧拉他的大车，女的可常常撅着嘴，无缘无故把东西打得很响，而且他们的孩子病倒在床上，连药钱都没有……上小馆子把肚皮装饱再说！可是人穷肚皮大，这点钱够几回饱啊！刚刚有了钱就老早享福起来，岂不马上又是个光蛋？……租一辆黄包车去试试？！哑，街道不熟，怕还要找人保才行吧？……贩糖果如何！？不对，制一个木盘先就不止花六角的！……干着路边那个人的玩意，把画着疮疤的屁股露出，伸着手向行人干喊？！这买卖文好像太寒伧一点，而且你数数他那个盘里的铜子看……还有什么好干呢？想想看……”

尽是徘徊，想，达明知道也无济于事，就离开押店门口向前走，可是走了几步又站住，走了几步又站住，换了方向再走，不到几步又还是站住。“究竟是走那一条路呢？往右？往左？”他这样死劲的推敲，只想用毕生的才智把主意决定，但是，那等于海底捞月，摸不着边际。他简直像失了指针的船，在茫茫的大洋中不知何处是岸。汽车卷着掀天的尘灰，在他的身边猛冲，正同兵舰似的在推波助澜，绝不在意他这颠颠簸簸的危船，即刻就会沉溺。北风也全不想念他是刚刚当了棉袍的人，偏要在他的破夹袄上威武的侵袭，他只得乞怜自己的两手，将身体紧紧抱住来温暖自己，眼睛半开着，口鼻暂时封锁着，让那些灰尘含羞而退。可是支持了不久，终于，眼泪在眼眶里汹涌起来了，鼻涕也渐沥起来了，牙齿抖战着，虚空的肚皮叫喊着，他的心焦急而苦闷的几乎要悲哀，幸而一手触着口袋里的六角钱，这才安慰了。

转了一个湾，人已经到了比较闹热的街上。街旁的宽处是个避风的所在，那里不碍巡官老爷的眼，也不防老虎车的奔驰，而且阳光晒得暖和，各种人猬集在那组成功个特别市：那个囚首垢面的中年胡子蹲在木头上解开衣裤在提到子；两个坐在矮凳上刮脸的俄国人被三个抬破布的孩子逗着取乐；老头儿把烂橘子摆在青布上冷冷静静地营着业；那着破外套的胖子却将手里的小铅桶和竹棒扔在一边，在乱毛狗旁边睡着了。只墙角上那堆人很拥挤的很起劲的在竞争什么。那里有数铜子的声音，有碎石敲碗般的声音，沙沙的，钉当的，极清脆可听。这声音达明理会得，那如礼拜堂的福音，那如天主的呼唤，那是致富的天堂，是命运的裁判所。达明想：假使自己从那里轩昂的走出来之后，他自信可以有一块钱慷慨的把大狗的孩子从沉疴中救出来；他可以有三两块钱还大狗的食宿费；他用不着告诉人家是怎样发了财的，只需用冷峻而严肃的表情，就够把那撅嘴婆收服而且使她崇拜自己的。也可以有一元八角去做点小生意，或赁一辆好的黄包车去试试，将那车拖着能够四五角一给的阔人，每天只须拖上十来趟这样的人物，那一切就好办了……

这幻想使痴呆的达明骤然觉醒了，敏活了，软弱而憔悴的骷髅里竟到处生出坚强的力，血流奔放着，好似狂热的群众雀跃的在赴庆祝会，庆祝他们的伟人革命成了功，一举手就将六角钱革成了六百个，一千二，二千四，以至于无穷大。

走近人堆，达明欢跃的笑，手插入口袋紧紧的握着那六角钱，弯着腰，从一个高汉的腋下偷望着，他很想挤一挤，但抬头望了一下之后，他不敢那样办，一忽儿，“好哇——十六点，赔！”一忽儿，“四喜——好家伙，我算定了这一手的。”这欢呼，这高叫，把达明抬举起来了，簇拥起来了。达明做了皇帝啦。他不由得左顾右盼的又笑了一笑，即刻离开那高汉，在人堆外探望着，逡巡着，整整兜了三个半圈子，最后钉了一个矮子一眼，将右肘当先锋，挤进去，不去理会腰上所受的那一拳，也不瞟旁边睁着眼向他的两幅凶脸，只凝神静气的站在木摊边眼珠儿跟着六颗在瓷碗中奔跳的骰子旋转着。随着铜子的来去，各人的脸上呈现出欢欣愁惨灰白与红润的种种颜色来，达明看得很真切，然而很久之后，他还是不动手。

这是该庄家倒霉的时代了，庄家连赔了两次“通”，达明认定那是个好机会。自然，光是铜子滚去是发不了大财的，他瞧不起那些人，就捏着一只双角子想大大方方丢在木摊上，“但是，再看看风势吧！”这样一想，就不曾下注了，他要再慎重的将自己的手气测验一下才行的，他这样想：“譬如我已经下了两角的注子啦。我就算是邻近的癞子吧，他只下了二百钱……”这时庄家掷了个十一点，“大狗说赌棍没有一个发迹了的，然而他拉了一辈子大车，于今他又发下怎样的迹？我不信庄家的十一点也赶不上的，瘸子……”他看见癞子勒着袖，手搜着六颗骰子，咬紧牙齿在空中旋了一个圈，慎重的，慢慢的往碗里一丢，这不消说，达明是将整个的灵魂依附在癞子身上的，他在冥冥中着实替癞子出了一把劲，因为二十个铜子的消长就如他在幻想中丢下的两角的消长，“来个十二点，急急如今勅，只要来个十二点啊！”他这样默祷着，看定癞子所掷的骰子，然而骰子不听令，偏偏滚了个九，这一来，他那赤热的心又冷下去了，真像倾荡了一份财产一般的。

他开始在心里怨怼这不好命运的预兆，咒骂在幻想里也得不到一丝满足的这倒霉事体。他愤怒了，简直想孤注的丢四角在摊上图报复，这是说还有两个是刚才在幻想里输掉的、于今只剩下了四角啦。“我跟你赌赌看，妈妈的！”他将这没有声息的恶骂向庄家喷，同时把凶眼向庄家瞟了一下，真正威武的瞟了一下，庄家并没理会他。

这时，癞子已经搜遍几个口袋凑了二百七，重重的打在木摊上，“三百！”他威武的嚷，排了一个阵式，好像这一下子非把那骰子掷成个“全家福”不成。

“癞子，你顶刮刮啦，是啊，要赌就赌一下，三百算什么，还有四角的呢！骰子归你掷就是，我祝贺你，庄家的十二点小得很。”达明果真又在心里掷了四角在摊上，所以他这样诚挚的祝福癞子，借以判决自己的命运，究竟这职业可干不可干，然而癞子掷了骰子之后，随便瞧了瞧就挤出人堆了，他全不去注意那钱庄家是用那只手拿了去，怎样数法，搁在什么地方，更不去注意旁边还有在幻想里跟着他赔本的，只一走就完事达明看着他，呆呆的，“还有什么干头！”不久，他就自怨自艾起来也挤出人堆，着实很凄然。

但在马路边颓丧的彳亍着的时候，偶然想及那六角钱，他觉得自己的命运并不坏，角子不曾输去一枚啊！然而人又在北风里移动，肚皮又在叽咕着，他的身体便涌出一种虚热来头脑昏昏沉沉，只想在什么地方休息一会，但还是往前走，究竟走到那儿去呢？连他自己也莫明其妙了。

越走越热闹，在熙攘中被车马一挤，达明的脸便贴着一家洋货店的玻璃了。“也好，就让我来看看这里面的货色看。”他想玻璃里陈设着许多东西：军官用的皮带喽，热水壶喽，卫生衫裤喽，数不清，角落里还有几个洋囝囝，靠左边的木架上还悬着一支假手枪，上了锈。达明仔细的瞧着，瞧着，这假手枪把他的心吸去了，把他的灵魂带走了，带到一个非常玄远而奇观的境界。

“是的，人应该放强梁些，在这世界，比如我，晚上拿着那东西，站在冷静黑暗的街上，那里没有巡捕，街是四通八达的十字街便于逃走，自己装做在那里小便，或蹲在地下系袜带，等有人，穿好衣服的，仅仅一个，走近自己的时候，突然把那家伙耸出来，瞄准那人的脑门子，然后威吓着：喂，朋友，识相点，洋钿钞票都拿来啊，皮袍手表也好，快，快，加果不，兄弟可要……不消说，他会跪着哀求的，哼，那没用，定规非全数交出不成功，留着活着的让他滚回去，这算顶开恩的啦，干着这样的一回就够了，谁瞧清那家伙是假的，我不是绑票，把人捉去，一开口就十万八万的。而且干了一次又再来一次……”

新的生命之光又在他的眼前闪耀，他又开始笑，笑自己究竟还聪明，山穷水尽之中，公然在三十六计之中发明一条妙计，但脸子向左右转了一转，在玻璃上把自己那尊容端详一下，他好像看见一颗血迹模糊的人头，在那里示众，那人头很消瘦黝黑，不错，那是自己的，于是他的神色便又凛凛然严肃了，不过这严肃的神色不久又给另外一种好想头带走了：“固然，在黑暗里是不容易发觉那家伙是假的，那末，谁又敢奈何我？况且即令给发觉了，或者被抢了去，自己还有两条腿，不能拼命逃脱吗？就算逃不了，被警察捉住，这家伙是假的，吓吓人的，难道真要杀头吗？枪毙吗？他顶多把自己带到署里去拷打，审问，或者关起来，三年五年也不放……但是，嗐，那算什么，关起来得给屋子住，总还不致给住茅篷，倘是人挤在一块，这夹袄也就很够了，……稀饭总每天有两顿吃的吧，有现成的吃，那多惬意！……总之，能办到关上三五年是再好没有，在大狗家里个多月不就像关了吗？在纱厂里两三年不也像关了吗？而且整天得死命的做，出老汗！……大狗不也像关了吗？吃那样的饭，穿那样的衣，住那样的屋子，老婆儿子全靠他一个人，他得像牛一般拉着大车才能办到这样的关着啊！哈哈，劳巡官老爷的驾把自己关着，那多省事，多舒服啊！是啊，只要能够办到关就了不得啊，至于三五年，那真是……”

达明更加欢喜的笑，笑那种关着的生活，笑那假手枪的神秘威力和它所造成的无穷尽的幸福，他真想买来玩玩，但他看看街上的人，好像也有人注意他，猜透了他的鬼伎俩；看看店伙计，好像他们也知道自己瞧着什么，痴想些什么；看看自己身上的排场，与玻璃里的自己的面影，便很惭愧自己没有一点富有的样子能有余资来购置这玩物的，虽然他觉得如果六角能把假手枪买来，决不上当，然而他的一只脚踏着洋货店门口却又缩回来了。

“要什么？”店伙叱扒手似的瞪眼说。

“你们这里的东西不卖的吗？”穷促中反而逼出他的急智来，连忙把这话回答着。

“要买东西吗？你？”店伙微微把脸色退到冷酷的境界上说。

“自然是要买东西喽！——喏，挂在木架上的那东西——那要几何钿？”

“你指的是那假手枪吗？八毛大洋。”

“拿来看看——那要这样多钱，小孩子的玩意？”

假手枪由店伙手里懒洋洋的递到达明的手里，他简直没有半只眼睛来酬应达明，达明就泰然的玩了一回，还大大方方笑着，将那家伙向店伙的侧影瞄了一下准。

“八毛大洋，生了锈的东西！六角小洋怎样，喂，喂，喂……”达明简直叫了好几声，才把店伙的脸叫转来，可是他的眼睛却始终没离开那买毛线袜的标致丫头。

“是你买，唔，六角就六角吧，便宜点。”店伙睁了一下眼，皱了一下眉，仍然将眼光看着那丫头。

交易成功以后，达明将那用纸包好的手枪揣在衣袋里，走出来，一壁计划怎样使用这家伙，在什么地方什么时候用，同时又觉着那家伙太好玩，颇想把这宝物做送给大狗的孩子的礼物，或者这孩子就会病好起来的。

又想把心中的计划跟大狗商量商量，但又怕大狗会坚决的反对他，严厉的责骂他，甚至又把他像从前一样的关着，直到他有了正当职业以后。于是他决计不从那方面去想，什么都不想，免得原先那妙计被推翻，低着头仍然往热闹地方走，简直连在什么地方什么时候使用那家伙也统统丢在脑后啦。

前面，远远的站着一个警察，使达明忽然惊跳了一下，他想还没有动作之前倘使给警察发觉了，把枪夺了去，打了他一顿，又把他放了，这就心思和资本都白费！再没有第二件棉袍可当来购置这个的，也没有别的方法筹出第二副本钱来购置这个的，那就生路断绝了。既经从大狗家冲出，当然无颜这样再见大狗的面，家乡是回不去，往何处去呢，所以他不能不小心翼翼的避开警察的注意。这样提防着的时候，眼睛又不断的去注意街上那些穿着和自己一样的衣服的工人，口袋里也有放着铁器的，这铁器不一样也能伤人吗？但是警察并不去注意他，检查他，于是他胆大了，照旧的前进，不过背上总像钉着一颗大臭虫似的。

走到华租交界处，他又站住了，在那儿他记起了一件事：那是好几个月以前，一群流氓在那儿向华界的警察投石子，大概也是为着检查违禁品吧，他们反抗着，打破了一个警察的脸，伤了一个行人的头，警察吹着哨子追，追到水门汀的界线上却没有冲过去，流氓们在租界的巡捕的枪底下竟安然的得意的通过了。

达明体验着华租交界处的神秘，羡慕着流氓们那英雄气概，在那里留连了一下，就打算进租界溜一溜再说。总之，他的方针是早已决定了，幸福就在眼前，人也就不像先前那样焦忧的。

夕阳软弱的摊在店家屋檐边，快要和夜神办交代了。达明在马路边信步的踱着，身上虽是冷，肚子虽是饿，然而这已经习惯了，无穷的希望充满在心灵的深处，包裹着他的全身，这冷与饿不过是留作饱暖之后的极堪回味的事，他是穷苦透了的人，在饱暖之前是很欢喜有那种回味的。

沿着电车路一直走，达明大概是想到先施永安去逛逛，借此度过残的白日，然后趁着黑夜去实行他的计划吧，然而前面的弄堂口蓦然奔出一群巡捕来，手枪高高的擎在手里向两旁摇摆，电车停了，行人止了步，一个一个的在他们的枪底下受着严密的检查，于是一种浓雾在达明的眼前迷濛着，一个一个的凶恶的雷神都从云端跳出来，监视在他的天灵盖上，于是他的身上即刻浮出一种虚热，这种热在每个寒毛孔里攒挤着起首他惊呆了，但即刻记起自己是携带武器的人，而且绝对不肯让他的东西白白的送掉，于是他慌乱的转过背，踉跄的逃，但是在万般恐惧中，却不曾忘记一件事：就是即令逃不脱，他们顶多把他的那假家伙夺去，但是也总能换到手一个“关着”的。忽然“破”的一声，从他的后面发出，他简直来不及思考那霹雳是不是那雷神干的，就觉得背上受了一拍，眼花爆炸了一下，即刻疲乏了，瘫软了，两条腿无论如何也不能胜任，他几乎要跌倒，两个巡捕即刻开足马力奔上前，把他捉住，粗鲁的在他的口袋里把那家伙夺了去，并且威武的嚷着：“带走——把他关起来。”

这声音达明是清楚的听见的，他觉着自己是在慈母的拥抱中，摩抚中，有说不出的快慰，这快慰把他麻醉着，虽则巡捕又临时变了计把他放倒在地上。赤黑的水从他破的夹袄上潮涌出来，他的愁而黝黑的脸变成慈祥的美丽的灰白色，头正正经经挺在水门汀上，眼睛半开着，痴痴的瞧着苍天，折皱的面颊上嵌着最后的微笑。一切安静了，仅仅那赤黑的嘴唇略略抽扯两下，仿佛是啜啜的对他的好友说：“大狗，这一来，我可生活了。”

改革

曙光还没打定主意惠临到窗子上，韦公听见爆竹到处响，就不管昨晚摩麻雀、掷骰子闹得太晚，连眼皮还不曾合拢一回，便也从温软的被里挣了起来。这天不是接到党部里开紧急会议的通知；也不是得了共产党要暴动的消息，值得去报告戒严司令，好邀一笔重赏；也不是那不能维持生活的纱厂工人要大罢工，得去弹压，解散；更不是有什么好玩的事体如杀头着火之类可看，值得我们这位好同志那末早就起床的。只因那天是我们中华民国旧历十七年的元旦。

原来这无比“五卅”“五七”和一切什么纪念日都重要。虽则我们的国度里那“新历”早就跟着一大群的新文化从海外输入了，每年弄出两个元旦来，然而本质上，新历元旦压根儿就赶不上旧历元旦那末切于实用，那末真正算得过年。那只是一般好高骛远的浅薄少年拿来应卯的，我们从这上面就可批判出它俩的优劣来：比如过新历年，大家不过发发贺年片，各机关冷冷清清放三五天假，见了朋友不过和平常一样点点头，握握手，懂洋泾浜的说一声，“A Happy New Year For You”。至于稳健分子他才不肯那末丢脸呢！这时节，长辈或上司那边你去是自然应该去贺贺，可是你见了他们，你只有呆坐寒暄的分儿，你总不好意思来别的表示恭敬的花头的。如果到了旧历元旦，那你就不能这样简慢这般大意啦。不怕你曾过过一回新历年，你还得慎重其事的再过一回旧历年才算过足了瘾；而且所有的事业、经营、讨帐、催款、办年货、送人情以及扫除灰尘等大事都得在除夕前结束。“一年之计在于春”，你辛苦了一年，那时时你应该把一切弄个清爽，腾出大部分的精神和辰光从元旦起专心一意的娱乐个把月，那差不多和张勋的军队打开了南京准弟兄们大抢三天一样，这时节官厅连叫化子，修马路的囚犯，都恩准他们在街上赌钱，掷骰子，上等人更不用说，只要你不是有共产嫌疑，写文字讥评党国要人，那真是小雀子出了笼，再自由没有的。不过天大的事可在这时节搁起，但那“拜年”你无论如何懈怠不得，因为过新历元旦时你不曾拜，也不作兴拜，发了贺年片是空的，只有这时节你才能一家家去登门作揖，在长辈或上司前行那叩头或九十度的鞠躬礼，一句话，你那满肚子的恭敬礼貌也只有这时才是行的唯一机会。我们的韦公就为着这缘故，他得赶早到一个中央委员老爷那边去一趟。

那中央委员老爷爱住在离都市二三十里的一个偏僻地方，到他家里去虽可乘火车，但下车后还要走半里又纤回又臭的烂泥路，乘公共汽车或洋车吧，可是太不合算。在委员老爷自己，固然是恶嚣杂，爱山水，有隐士之风，到那儿逛逛有自备的摩托卡，进京开会有国备的专车，但一般远地的小人物去拜访他，那就很费事啦。如果误了钟点，赶不上火车，得掏许多的血本来乘汽车或洋车，在半路上还怕给小瘪三捉了肥猪，平常没事儿不去拜访他还不觉着怪难过的，何况是时行拜年的旧历元旦呢。他充军充到那世上，真是故意跟韦公这般人捣乱的。

那从民国十六年就飞起的细雨，这时还像哭丧人的泪儿洒个不住；那从除夕就发作了的狂风也不看看节气，好像刮起了兴头还在空中放肆的乱吼；街上的店家都像吃饱了的老牛，闭了大嘴一般，将财门开了之后，又紧紧的封着；马路旁的赌摊也还不曾摆出一个来，只有每家屋檐下那疏疏密密的通宵未睡的孩子们还在高兴的放着冲天爆。不瞒人，我们这位穿戴齐全的韦公出门时，天还只有点毛毛亮。这不纯然因为是辰光早，一大半也是乌云弥漫了满天，雨中还夹杂着雪雹，将天色弄暗淡了的缘故呢！

生怕浸湿皮鞋，韦公就捡没有水的石块将脚尖踏上去，那好似点水的蜻蜓，又像轻手轻脚的窃贼，每一步都得使身体一伸一缩，那姿势可以说是跳吧，他就几步跳到附近一个弄堂里，敲敲一家人家的后门。因为那委员老爷不是他私有的，他到他那边去不通知同志一声，似乎是自私自利，虽然同志们不一定能够同他一道去。好在那家人家还不曾睡觉，他就很顺利的走进去，一直冲上楼，推开门用随便的口气问：

“喂，黄同志，邹同志，怎么还不起来，老头子那边也得走一趟吧！”

黄同志早就张着耳朵听，他们原是不拘礼貌的，这时他只瞪着眼呆呆的望着床前的韦公呆笑，许久才装出个不信禁忌的样子说：

“见鬼啦，这末早就起来！——喂，告诉你，昨晚我输了十八块，真背时！”

邹同志装着睡着了，弓着腿不动，像葬在那被里，但一听到“老头子”，他终于像蚯蚓样扭了两扭，掀开被露出那红眼睛，又伸出一只手来，“晤——”他伸了个懒腰说：

“今天早上五点钟才睡，唉——实在是——”

黄同志就揭穿他那种虚伪的不高兴说：“叹什么气呀！三十四块钱进了袋还有什么不舒服的！”

韦公是急急于要走的，他就不耐烦的说：“不和你们谈这个，喂，你们究竟怎么样啦？”

邹同志说：“别急呀，自然要去的，——是的，一道去省事啊！”

好啦，不久，他们三人一路到车站，上了火车。车厢一大半是空的，可以说是一列贺年的专车吧。在车中他们谈了些昨晚牌九输赢的事：黄同志悔不该一点多钟的时候还不收手，因为那时他赢了好几十；邹同志就懊恼着没有下了重注，因为他的手气始终就没衰颓过，韦公干的是小玩意，没有可说的。大家谈了一阵，不免浏览些铁路边的新年的景色。那景色虽在乌云压压雨雪纷飞的不清爽的光线之中，但在他们伪心目里却各自有无边的新气象：韦公呢，他早就不愿株守着月薪六十元的位职，最好中央委员老爷调他充当个一等科员；黄同志资格高些，他就想补一个肥缺的县知事，弄上三五万好什么事都不干，有吃有住，幸福一辈子；邹同志却为着他那赋闲大半年了的堂弟打算。听说时局会有大变动，他们这位中央委员老爷有任省政府主席的消息，老天爷，他们这几位亲信想当权，不趁着机会活动一下还成，而活动的步骤——这“拜年”显然不是闹着玩儿的。

下车时，因为到了野外，那风势更加大，呼呼的只往面部压，几乎将他们那鼻孔的气流顶回去，细雨是像农夫洒石灰样四面八方往下盖，路又泥泞得很，不知给什么马蹄子踏得那末烂，简直伸不了脚，又没有一个走运的洋车夫晓得这里有三个雇主要照顾他们。他们只好迎着北风打冲锋，左一步右一脚的低着头，小心翼翼的拣路走，那怕眼睛里给风拂起了泪波，红鼻孔给冻得清流澌沥的，也始终不敢将头躲在大衣里偷一会子安，那勇敢奋斗的精神着实可佩服，那点丹诚也真够撼动天地的。

一脚没走好泥水溅了一身的黄同志忽然生起气来了：“真背时，阳历元旦我们到老头子那边去碰了这样的天气，现在又这样，真背时！”

因为这位同志受了飞灾，韦公觉着那末早，那末天气不好，跑到这野外，是他的主动，他就不能不像是为自己开释似的对于这“拜年”加一点骑墙的论调：

“拜年实在没意思，不过——我们却是和普通一般人不同，顶多见了师长作作揖，敷衍敷衍了事，况且老头子这边真是生亲了，没法儿的。至于真真拜年，我是十几年没干过这玩意。”

邹同志因为某种心理所驱使，即刻同情的说：“是啊，我一向就反对，那真无聊！”

黄同志也说：“我也是十几年没……”

原来这三位都是革命的急先锋，虽在革命事业倥偬之际，无暇对于“拜年”的命认真的，彻底的来革一下，然而他们却早就将跪拜革成为作揖。谈锋既经转到“拜年”上，于是还来了一阵对于从前那跪拜的攻击与嘲笑！

“讲起旧式的拜年，哈哈哈！”邹同志开头说：“那真笑话！尤其乡下人，到了大正初一，照例，早饭是不吃的，唯一的大事是拜年。万事落后的妇女自然要到初三四才出门，那叫做‘出行’，出行时还放爆竹。”男子汉呢，早晨起来，一洗完脸就把那件月蓝竹布半截单长褂从箱底下翻出来，几下往身上一罩，拖住半天云里像一把伞，再阔气一点的就加了一件上了霉又皱折不堪的青布旧马褂，比长褂稍许短一点，带了兄弟和大的孩子们，七八个一路拜起年来。照老规矩是‘初一崽，初二郎，初三初四拜地方’，但是他们拜完了自己家里的长辈，拜完了邻舍，就拜发了势啦，还管得那套，大队一开出门就挨家子拜。一走近人家的屋门口，还在大门外头，那长于言谈的走头，那算是队长，他就敞开喉咙嚷起来：‘常家二爹呢，请到大厅上拜年啊！’那里头虽是在拉屎，或是在喂猪牛，但他们是时时刻刻提防着这个的，也就什么都丢在一边，吁吁喘喘的嚷着奔出来打接应：‘那不敢当呢！到了就是年，到了就是年！哈，真是，太客气了，到火房里请坐，到火房里请坐！’这边是不因为人家推让就将拜年模糊一点的，自然见了人就倒下去，平辈见了就作作揖，孩子们那就硬要跪下去像冬爪样在地下打滚，哈，哈哈！那边回了礼之后，这边又得先开口：‘恭喜你老人家过得热闹年啊！’那边就得：‘好说，好说！彼此一样，彼此一样，’这边又是：‘你老人家新岁健旺啊！’那边就得：‘托福，托福！’哈哈哈！

天天见面，甚至时时在一块，只隔了一晚就忽然客气起来，绕弯儿问安，真笑话！真碰了鬼！”邹同志说时，口沫直往嘴边涌，两手指东画西，描摹得活像，打着湖南的土调模仿两边的口气，抑扬啊，顿挫啊……使人听了见了，真像亲自听见看见那些怪物在那里哈哈嘿嘿作拱打揖的，于是博得黄同志的同情的微笑和韦公的赞言：

“好描写，老邹你真形容得刻苦，不但是革命家，还是文学家呢！哈哈哈！”

“也不是故意形容，”邹同志接着说，“实在的，这情形在乡下到处看得见。还有，拜了年之后，免不得到火房里坐坐哆！吃芝麻豆子茶啊，嗑瓜子啊，喝酒啊，再客气点的，还留吃饭。至于孩子们喝不了酒的，就每人分一碗薯片豆子，他们吃不了就灌在他们的口袋里，好在他们的口袋大，三两斤货色尽盛得下，他妈故意为他做大些就为的这一手。——到了第二家又是老套头。这样一家一家拜下去，大人们是灌得醉醺醺的像关公，孩子们就吃得皮黄骨瘦，吃起饭来翻起眼睛看天，差不多正月那一晌，个个都得害一场积食病，妈的，真造孽！——唉！——还有那些住在城里的大户人家，老头子的姨太太讨上好几房，多半是班子里接出来的，十几岁的妹子，论起来你得喊她‘叔哀姐’，拜起年来，她是长辈，你到他家里去喊‘到大厅上拜年’，难道真等她走出来才拜，还不是没头没脑的钻近门帘子去，不管她还在床上裤子都没芽好，你也只好红着脸在门弯里的马桶旁边把头磕下去，那怕你穿的是新衣，那地上又有一堆鸡屎或一泡浓痰，你还好意思不下礼！妈的，这宗制度才看见！才该杀！”愤世嫉俗的邹同志，这时便将头左摇右摆的低下去，非常的感慨系之，末后还将“唉！——”做了这篇高谈的结论。

韦公好像也要将“拜年”臭骂一顿似的，他笑了笑接着说：“我……”但同时黄同志也笑容满面的在说：“我……”于是韦公就让了一步说：“好，好，你说，你说。”

黄同志发言素主慎重，无论做什么，脚步站得稳，从来没有人说他不革命或反革命。他为人再伶俐，再老练，再能干没有的，虽则在除夕输了钱，那完全是气运坏。他说：

“这是好几年前的事：那时我记得我是念四岁，在大学堂里念书，因为离家近，所以不能不回家去过年。正月初一的早晨，照例爹爹妈妈和兄弟侄子们都得向祖母拜年的，她是八十多岁的活祖宗，顶欢喜见子孙向她拜年的，那个没向她拜年，在吃饭的时候，她指名说那个于今是不认得大人啦，那个于今自己能够赚饭吃啦。闭那宗气比挨几个耳光还难受。爹爹妈妈都向她拜，难道我不拜，我拗得过她？——好，当大家都到了大厅上，我就出了个主意。我就向他们说：‘我来提一个议，你们一个一个就祖母拜年，太麻烦，她老人难得回礼，你们顶好站成一个队伍，一齐向祖母拜。’他们都同意了。我就毛遂自荐作一个司仪的，我要祖母坐在堂屋中间，要他们站成一排，我就站在旁边做指挥官，喊口令：“一，二，三。’哈，哈，喊完之后，我就无声无息的走开了。那一次算是躲过了。不过这狡计第二年就不适用，终究给他们在祖母前面告发了，祖母还是……”

大家虽是佩服黄同志有急智，能躲过“拜年”，又能将“拜年”的方式变通一下，只是大家以为他那故事还有绝妙的下文，下文既是飘渺了，也就只随随便便的笑了笑。这就轮到韦公的名下了，但那委员老爷的高第忽然站在他的前面，是时候啦。韦公便没往下说，各人暗中只忙着戴正他们的帽子，扯匀他们的马褂，然而态度却始终是慎重的，因为他们拜访中央委员老爷着实不止几次啦。

按了许久许久的门铃，那得了他们的年赏的听差出来开了门。

“喝，拜年客来了，早啊！”

备人的脸上浮出个不自然的微笑。

“老爷起来吗？”

“没有。”

“那末，我们在客厅里等一等。”

“嗯——讲老实话，老爷起是起来了，因为大学堂里的学生来了十几个，把客厅拥得拍满的，老爷不愿见他们，始终没出来，他们也就始终坐着不走。”

“我们一进去，他们难为情，就要走的喽！”

“不见得，他们什么时候来的啦，我的天，要走是早已走了的啦！”

“这怎么办呢？”

他们失望的彼此互相看着，眼睛睁得开开的。

“你们带了片子来吗？——只要意思到了就行，我替你们把片子交上去也一样的！”

他们起始犹疑着，彷徨着，像失足到污泥里的小山羊，想到那前面的青草地去游游，可是前面隔着一道水，想往后退，又觉着到个地方一次着实不容易，他们只想说：“你瞧，这是什么天气啊？”但终于只得这末说：

“好，好，就这样。”他们各人将名片掏出来，交给听差，就这样解救了自己。

“走吧，我们，——这也不过是一个意思。”韦公说。

“是呀，只要意思到了就得。”邹同志说。“北京拜年就是清早起来挨家丢片子的。”黄同志说。那听差好像有点怕冷的样子，身体只想往后退，他们也就转过背来，于是老听差将大门关了。他们就在大门外徘徊着。委员老爷的客厅里那热气蓬蓬的电炉，那碧绿的柔软地毡，那是他们常常享受到的，这时忽然在脑海里浮晃着，而打在脸上，触着皮肤的却是雨雪，风，他们真觉着有些冷，但这样感觉的时候，却很短，他们一念着贴在心门上的那“意思到了”的标话，好像自己的名字已经是永远刻在委员老爷的记忆里，这差不多是靠得住的，再远一点推测……于是韦公就像一个一等科员，黄同志像个县知事，邹同志像他那堂弟的恩人，眼前的雨雪云烟，暗淡，依然在他们心中幻成无边的新气象。他们离开那儿开始渡着回头路的时候，那委员老爷的客厅里的大钟刚敲八点。是的，这时候天应该大亮啦！

一九二八，三，一八，于上海

（原载1928年6月《文学周报》319期）

平淡的事

新近我认识了曾医生，虽然还不曾知道他的名字。

那是因为几天前由北平来了个穷友，一个危险人物，危险到什么人都不敢惹，没饭吃没衣穿，也没屋子住。

在革命成功以后，忽然发现这位十年不见的老友，竟还活着，我是多么高兴啊！我想在僻处赁间小房好使他安身，也想以九牛二虎之力随时接济他一点生活费。我替他找了两天的房子，在一天傍晚，找着了一个挂眼科牌子的医生家的一间后楼，即刻就叫我那朋友搬进去。当时，我虽然是和那医生讲的房价，又交给他房钱，又向他担保我那朋友是十分靠得住的，但在暮色中，匆忙的我实在没有暇豫的心情去注意他，我不过记住了他的前门两边的白墙上写着，“照原眼科”，也仿佛记着这医生是姓曾而已。

翌日，我那朋友走来和我谈天。

“昨晚那个房东走到我房里向我借一块钱买米，吓吓吓！我说：

‘我也是靠朋友维持，实在穷得很，如果有，块把钱是不算一回事的。’他不知道要怎样才好，空了好久，他说：‘你那个朋友倒是个好人噢！’末后，他又说：‘今晚我难过得很，夏先生，我们到小酒馆子里去喝两杯酒吧！’我说：‘不必吧，我不会喝酒。’他说：‘我们喝米酒，不伤人的，十四个铜子一斤。’我一个人也很无聊，好，我就同他去了，在街尾上一个小酒馆里，他要了两斤酒，又买了三个子一包的黄豆，于是两个人喝起来。他讲他的近况，讲他的历史，他说他是瑞征的学生，瑞征是前清两湖总督，吓吓吓！这个人谈起话来很有味。”

“噢，刚认识就向你借钱，这样的冒昧——哼，总是穷得没有办法喏：——借不着钱倒还请你喝酒，在这一点上我觉着这个人倒是真有点味——现在这块钱不知道有了没。如果我有一块钱，我可以送给他的——明天晚上我们请他喝两杯酒好吗？仍然在那个酒馆里。”

“好，好，明晚我在家等你就是。”

第二天，我到曾医生家里去，我在微光中找来找去，不知如何始终找不着“照原眼科”几个字，我很骇异，但是看见前门的墙壁两边有白粉的一幢房，“大概这就是的吧！”我想不管一切，我就走进去。不消说，我是怀着“连一块钱都得向生朋友告贷，贫穷到这样子！”的心情去的，但进门一观察，也不怎样使我失望。那客堂间也点着洋灯，灯下也有两个老妈子似的顾客请他看眼睛，靠窗也陈设一张只开了两道裂缝的桌，东边墙下也摆着小圆台，台上也搁着好几瓶药水，台边还有两个一只脚都不短的藤椅，点缀在壁上的暗黄的字画虽然都往下卷起来，也还勉强粘得住。至于他本人，也戴着遮阳帽，颈上虽没有领带之类的东西，身上却穿着呢大衣，旧靴子上也盖着呢布，一见还知道他是穿穿西装裤的，他手中拿着揩眼睛的棉花，一见有人推门，就脸色苍白起来，知道是我，才浮出微笑，轻着脚步走近我，低声的温和的说：

“夏先生在家。”

我微笑着颠颠头。便往前面走，眼睛从板壁缝里看进那后房，看得出那里面有木板搭成的床，床上坐着一个老太婆，也还有一座旧藤床，床边有个三脚椅，除此以外还有许多数不清的家具，总之，决计没有一件是应该丢到垃圾桶去的。上楼时，我循环的默诵着："难道真一块钱没有吗？——这江湖医生——这骗子。"

在后楼，我不耐久坐，我们就下楼，走过客堂间时，老夏指着我对那医生说：

"曾先生。我们又到那个老馆子里去喝酒吧！这位黄先生他请你喝酒。"

"不敢当，不敢当！"他像没骨头似的连忙鞠着躬，还不停的欢笑："好的，好的，我马上就来，请先走一步。"他送我们到门口，口里叽咕着："好的，好的！"

我们走到街的尽头，那里不大有人走，老夏站住一望，退回好几十步，才发现那酒馆。不过他虽指示给我了，我还是不能一目就了然，因为那酒馆不仅小，而且很模糊，里面两个桌，全用灰尘装饰着。铺台上是两盆不大令人垂涎的发芽豆，和一只不知那天杀的干瘪了的鸡，还是整个的，柜台里竖着四个大酒坛，不，其中有一个是不大看得见人的老太婆就是掌柜的，旁边还有一个鼻眼不分明的半大孩子。她们没有招呼我们，我们也就不客气，从外面桌旁的车夫身边挤进去，占了里面正中的优座。

那孩子终于走拢来问我们要什么，我就要了两斤酒。一面计算着："十四个子一斤，二四如八，一二如二，来八个子的花生米。身上的四毫钱够开消的。再来点……"再来点什么呢？我的眼光到处一寻找。那真不能使我一下就决定。老夏说："等曾先生来了再说吧。"好，我们就坐着等。我听见那孩子凑近老太婆叽咕着："他们是曾先生的朋友。"于是，我向老夏："他们怎么知道曾先生的？"老夏说："曾先生是股东，这个店他有五块钱的股。"

不久，曾先生笑嘻嘻的擦着手走进来了。三人就了座，我叫孩子拿酒来，又叫他买了八个子花生米。又叫他设计来了一盆白菜炒肉丝。曾先生又擅自在柜台上弄了一碟发芽豆，又弄了一碟海蜇皮。于是我们交谈着痛饮起来。

"在夏先生那里听说先生差了一块米钱，心里很过意不去，现在可有了？"

"不要紧，已经赊了一块钱的米，那米店还放心我，我答应明天还他。"曾先生自得的说："那晚不是有五块房钱吗，因为欠了人家的，人家知道，马上就要去了，唉，没有饭吃，肚子里很难过——我们喝酒吧！"他筛了酒，举起杯来喝。

“哈哈，你说话真有趣！没有饭吃不仅是肚子难过，那简直是要命的事啊！”我说。

“喝酒吧，喝酒吧！”曾先生又举起杯来：“不要紧的我有鸿运酒楼的一张五十块钱的股票，这酒店生意很好。我托朋友押三十块钱；明天晚上可以成功。我还了二十，加了五块利钱，还有五块好多，这是借的印子钱，每月六分的利息。”他又喝了一大口酒，拣了一颗发芽豆。

我们没有说什么，我只全神倾注他的举动。他筛了酒，搔了两下头，把肩耸起来，搓着手低声的苦笑着说：

“没有办法。我们喝酒吧！——喝酒真是好事情，夏先生没有钱，我也没有钱，我们是好朋友——这地方真好，我们要常常来的！”他说着，回头望望后面的老太婆：“这老板是好人，很可怜的！——她常常到我那里看眼睛，我不要她的钱。她钱不够，我就入了五块钱的股。所以，我在这里很随便的，常常来！”

“酒倒是少喝的好，曾先生，我看你的神经刺激得太厉害了，说话也没有条理。——你何不好好生生把你的行业振兴一下，把生活维持下去？”我说。

“不行！”他摇着头说：“我倒霉，连这个都没有！”

他用手摸着披散的领子两端的窟窿，“不知那一天掉了，我上了一个螺丝，梗在颈子上把肉都刺破了。现在螺丝又俏皮，逃了！”他笑了又喝了几口酒，忽然把脚举起来：“你看，我这个皮鞋，底穿了，前面开了口，走起来，他冒烟。”

我们不禁笑起来。

“你每天也有多少收入喽？”我问。

“没有一定，两毛，四毛，有时还倒贴。穷人多啊！一块钱看一回的。一个月难得有几次。”

“像你这样是不行的。你越是那幅倒霉的样子，人家越瞧你不起。上海这鬼世界是全靠外样子，不怕你本事怎样好。”我愤愤他说。

他只温和的笑。

“是呀，你看姚佐顿花柳病医生；从前是甚么样子。这是我亲眼看见的。哼，现在，爱多亚路口上半天云里挂着他的招牌，到处张贴了他的广告，随便什么人，只要见了这广告，他不要知道底细就会‘啊，这是个著名的医生！’如是，个个上他那里去，三百五百送给他，花了钱诊不好病，也还是去找他。为的是他的声名大。于今他发财了。曾先生，像你，据前楼的人说，你的手术很不坏，你只要好好的把诊所布置得像个样，把身上弄整齐点，在门口挂个招牌，在弄堂口还挂个更大的，也定一个章程，门诊几何，出诊几何，架子一挺，人家自然不会小看你，像你这样两毛四毛，有时还送诊，有时还……那是……”老夏也说了一大篇。

他只顾喝酒，起首连忙替我们筛，后来就只筛自己的，一定要等十了杯才说话。

“这是没有办法的！”他摇头坚决的说：“他们都是穷人末！顶多只能收点药钱，总而言之，是阔人就没一个肯上我的门的。我会看像，我会外科，有些人我知道是流氓，绑票匪，我常常白给他们治伤。他们呢，诊好了，去啦，还用片子介绍别人来，也是不给钱的。我有什么办法呢？——你们以为我是好人吗？其实我也很坏的，是穷人，到我这里来，他们都是别处诊不好的，他们没有钱谁给他诊，是这种人，我是欢喜给好药，一次二次就好了，阔人就不同了，一次诊得好的，我给他分做几次诊，多弄他几个钱，其实我是很坏的。”

“你这样待人家，人家把你当呆子，像你这样的人，是不能存在的。我劝你以后还是把牌子挂出来，好好的干一下，免得受苦！”我说。

他还是温和的笑，连连把酒往口里送，酒完了，又再叫两斤。

“是的，牌子原先挂的，在弄堂外头，因为警察要捐钱，才取下来的。”

“哈哈，假使人家说你不该吃饭，你就把自己的颈子割了吗？这是太笑话了！”我说。

他也笑，已经很醉了，话便滔滔不绝。

“原先我生意很好，每月赚二百多块，那不是现在这个地方，这是去年搬来的。我赚了钱就把门面扩充起来，我没有老婆，订是订的，因为她要八百块钱办嫁妆，我没有，她就另外嫁人了。我把老娘由乡下接来住，请了两个听差，有一个不能做事。这听差原先有田在乡下，给人家骗了，很可怜，我就把他带到这里来，他是个呆子——那时候，我的日子很好过，门诊是一块二，没有钱的就减半，看人说话。不料去年革命，我的诊所烧得干干净净，好，没有想到这个革命把我打倒了。搬到这里之后，起首还敷衍得过去，凑巧，闸北办市政，一条马路修上大半年，交通断绝了，简直没有人上门。好，这个市政又把我打倒了。光修马路还不打紧，三四月间落起黄霉雨来，你想谁肯爬过烂泥堆里走过丈多深的水沟到我这里来呢？这里又这样偏僻！好，这个黄霉雨又把我打倒了。房钱欠七个月，生意没有，我吃的是身上的衣服，是老娘的皮袍子、是木器。有一次听差的走了，后门口扒手进来把老娘的棉衣也偷了！——是的，我牌子是有的，弄堂外有块大的，前门的壁上写着‘照原眼科’，四个大字，但是我给不起捐钱，警察天天来要，起首我就把外面的牌子取下了。昨天他又来了。我就把墙上的字也粉了，省得他来麻烦。可是牌子一取消，就简直更没有瞎子能找得着我了。好，这个警察捐又把我打倒了。这就可以太平了吧，但是那个印子钱逼得很紧，所以——我近来不快乐，睡不了觉，头痛，有了钱就喝酒。我想把牌子挂在这酒店的楼上，夏先生噢，我们两个无论如何在一起。这地方真好，慢慢的我们会发达起来的！——不过，现在，唉！——我还有两个好朋友，都死了。我晚上眼睛一闭，就看见他们两个。唉，好人。——阔朋友我也有的，那是姓何的，从前和我很好。如今有几十万，白克路有洋房。上次我买点东西去送他，他不见，他怕是绑票的。——是的，我是要饭的，你们看这幅样子，——我常常半夜里……”他说到此地，眼睛朝天，两手合拱着:“爬起来，打开眼睛，是的，我是晚上才喜欢打开眼睛。因为我不愿看不见什么，我对天说：天啦，你把我的寿命减少二十年吧，切莫再使我是这样子啊。”

他不再笑了，两手撑着头，慢慢的伏在桌子上。我们全都沉默着，忽然他又抬起头来说:

“这地方真好，我们每晚都要来的噢，夏先生!”

“不来了，明晚我请你到鸿运楼吧!”我说。

很晚了，曾先生还要酒，我们不承认，我叫孩子来算帐，曾先生就立起来用手一挥，好像这应该归他出，我也就不客气，给了二百四小帐就往外走。我回头向柜台一看，看见那孩子仿佛用蝌蚪文在簿子上写着:

“曾先生欠……”

走到街上，我拒绝他送我，他说:“不要紧的，我们通晚不睡觉不要紧的，睡觉是受罪，在外面走走很快乐啊!”到了我自己的弄堂口，我和他告别。我在十二步之外还听见他的声音:“夏先生，我们再到那酒馆里去坐坐吧!”

我就是这样认识了曾医生了。

第二晚，我原打算请他到鸿运楼去的，不知怎样我忽然变了计，只随便买点干牛肉之类的下酒菜请他到家里喝。他起首不肯去，后来虽是去了，但是不再多说话，只低着头在房里徘徊。我问他：

“股票押了吗？”

“没有，要明天听回信。”

“今天有生意吗？”

“有的，一块假洋钱。”他掏出那洋钱来后，笑着说：“铅的，分量轻，放在手里就知道。”

“上海人真坏，看病的钱也给假的！——那末，你不能叫他换吗？”我老婆不平的说。

“马马虎虎，那个人送我假洋钱当然也是没有钱喽！”

“是没有钱就送诊也可以的，给假洋钱你不妨责备他的！”老夏很反对他的态度。在我家里，酒也喝得不少，但他不多说话，话里也没有惊人的句子。不过我们都觉着他的神经的确纷乱了，每句话是牛头对马嘴的，因为我知道他昨晚送我回家后又在酒馆里去喝了一顿，又因为被窝放在别处去了，只伏在椅子上看书，度过这寒宵。他呢，也知道自己这次是一个不小的失败，所以不高兴多说话。不过，他也不十分沮丧，他还有无穷的希望呢，他有一张五十块钱的股票，明天那张股票总会押了的！

第二天晚上，天下着毛毛雨，我走到他那里，我看见那替他押股票的人说，事情又变了卦，要过一个礼拜听回信。总之，这是推脱的话，这股票肯有人要，五十元只押三十元，六分息也没有人要，而且那印子钱别人不肯再放了，非马上收回不可的。我很替这医生不平：

“二三十块钱的事有这样难吗？又不是凭空讨人家的，曾先生，你给股票我，我明天去试试。”

“好，谢谢！”他将股票给我，深深的一揖。

天还是下着毛毛雨，很冷，我一早搭车到江湾，想找几个朋友，因为那些朋友起码赚二三百元一月，又没家眷，就是一人力量不够，几个人总可以凑足的，如果不放心，就由我负责，然而结果是：

“我也只能勉强维持生活，如果□□在这里，那就没有问题啦！”

我回到曾医生家，走进他的寝室，把这消息告诉他，把股票退给他，答应再想法，可是他睡在床上起不来，因为房里有个姑娘，我听他说过有个朋友介绍一个女人给他，他曾因为自己没有钱，关照那姑娘别再上他那儿去的，现在她又来了。

“姑娘，请你出去一下。”他说着，那姑娘就走了。

于是他抬起身来，掀开盖在身上的唯一的外套，把那件窟窿累累的绒绳褂扯得很周正。披上外套，伸出穿着无底袜的脚来，费了许多工夫，才穿好靴，因为不如是，那袜是不容易就范的，此外我还发现他腿上失去了那条西装裤。

我们同在客堂里坐，他还是笑，鞠着躬说："对不起你，这样的雨天，害得你跑江湾！"我和他谈了很久，我没有坐，因为他的藤椅也不见了，圆台边只剩了那原先摆在后房的三脚椅。

我回家了，下午又向另一个有钱的朋友打主意，更不成，他说他并不干这样的生意。我只好回曾医生一个信，就再没有到他那儿去了，老实话，我不敢再见他。

过几天，老夏又来了，我问及这医生，他说：

"近来他再不喝酒了，脸也肿了。山东人天天来吵，要那笔钱，很凶的。这两天他没有在家，不知道到什么地方去了。大概是害怕这山东人吧。"

我不敢再问了，我只尽量的沉思：为什么不藏在黑暗的破屋里，却走到外面去呢？怀着忧伤，到荒野徘徊去了吗？到山顶怆地呼天，向北风求助去了吗？到黄浦江边痛饮去了吗？他欢喜孤独，连好友老夏也不要了吗？连……

“这个人很可怜。老黄，你是欢喜把自己妻子儿子都上小说的，也把他上一上小说吧，哈哈！”

“但是——唉，在这年头，这玩意早已不时髦了，这事情，太平淡了，上了小说不会有人看的。”

我禁抑着奔放的热情坚决的这样回答。

一九二八，一二，二五，于上海

（选自短篇小说集《平淡的事》，1929年5月，上海大东书局）

茶杯里的风波

晴朗的星期日的上午，他和她还没起床，对门晒台上的竹篙响了，他无目的的偶然抬头瞅了一眼，依然睡下，口里咕噜着。“这宵，要弄个帘子才行。”她也抬头看了一下，没说什么。因为那不过是个娘姨模样的女人，和他，相形之下，彰然的不能成为一对，而且这是移居后初次的发现，也不便说什么，只是在那“没说什么”里，形势仍然有几分严重。

约莫隔了十多分钟，第二次的竹篙响了，他躺着没动，她愤然的爬起，走近窗前，两目眈眈的盯着对门晒台上的女人，那女人很怯羞的将脸子隐在悬着的衣服后面，偶然偷视了一下，一面仍然晒她的衣服。

“贱货，不要脸的烂污东西，清晨八早就站在晒台上看，有什么好看！？贱货！”她指手蹬脚的骂，等晒台上的女人下去了，又板起面孔对着他说：“这种女人不如到四马路去拉人，倒爽快得多！骂了好几句才下去呢，不要脸的东西！喂，昨天你说寄一封挂号信，信又没有寄，钱呢，拿来！”

“钱买了香烟，怎么样，又见鬼啦！”他朝她翻了一眼，仍然看他的书。

“像你们这种臭男子什么女人都要的，钱总是给那烂污的女人骗去了咯，这种女人几个铜板也要的！”

“你真见了鬼啦，无缘无故的骂别人，当心人家吵上了门噢！”他愤然的说。

“如果吵上门来，你看我打她出去。”她更凶的说。

他不再回话，只看他的书，室内寂静了，她找不着对手，便东摸西扯的收拾一切，只是每隔了几分钟，眼睛仍是向对门的晒台横扫着，而且每次上楼都这样。

他俩是经过长期恋爱而结合的，不知如何，老是为着像这样的空中楼阁而闹着，而且吃过许多的苦。他虽则思想很新，但每回吵闹，不曾有真凭实据落到她手里，然而她依旧是一回不了一回的闹。“妒嫉是美德”，人们对于妇女多是原谅着，但贞洁的男子看来，不免觉着有“人格上受了损失”的感慨吧！彼此间浓厚的爱情不免因女人们的“弄巧反拙”而淡薄了吧！

夕阳西下时，全弄堂里的晒台上都先后的有竹篙声，许是烂污的女人有日暮途穷之感，趁着斜晖努力的在勾引着野男子吧！他为了尿涨，几步跳上楼，在晒台的一角撒了一泡尿，瞩眺了一回远景，便掏出一本《桃色的云》专诚的朗诵：

相思的朋友呵，

等候着什么而不来的呢?

太阳下去，月亮出来了，

等候着什么而不来的呢?

没有看见恋之光吗?

没有懂得胸的凄凉吗?

快来吧，等候着，

朋友们呵，相思的朋友呵。

“踢踏，踢踏”的，她赶上楼了，她在楼下听了一会，听见歌声，听见竹篙声才赶上楼来的。她上了晒台，失了魂的东张西望，看不见什么，只有前楼对面的晒台有竹篙声，但是屋瓦障着，看不见她早上教训过的那女人。

“唱什么，你，饿狗，一听见竹篙响就赶上楼，你这人，唉，堕落到这样子！唉，那了得呵；对门那女人倒不见得怎样坏，就是你这东西坏透啦，唉！”她晕头晕脑的只是咒，脸涨红了，急得只蹬脚。

“早上就说对门的女人坏，现在又是我坏了。听得竹篙响就赶上来，赶上来怎么样？她在那边，这里看得见吗？真是鬼闷了头！”

“那末，你唱的什么？什么相思相思的。”

“桃色的云，桃色的云，你看明白啦再闹，哼，真是……”

那时，娘姨盛了饭上楼，关照着他们，他们各自不服的勉强就了坐，他口渴，叫娘姨泡了一口茶，静默了一会，他只吹着茶大惊失色的说：

“啊哟，不得了，不得了，茶杯里起了风波啦！”

她起首吓了一跳，既而，伸出指头在他的额上重重的按了一下，啐了一口，含羞的低了头，眼帘上还留着未干的半滴泪珠儿呢！

（原载1927年10月《儿童世界》第301期，选自短篇小说集《茶杯里的风波》，1928年6月，上海现代书局）